중공 민항기 북조선 평양 경유
남조선 춘천 미군 비행장 불시착!

중공 민항기
북조선 평양 경유
남조선 춘천
미군 비행장 불시착!

지은이 신영일

좋은땅

머리말

　이 이야기는 냉전 시대인 1983년 5월 5일에 중공 민항기가 중공 심양국제공항에서 출발해 목적지 중공 상하이국제공항으로 가던 중 여자 1명이 낀 중공 공무원 6명에 의해 공중 납치되어 북조선 평양을 경유해 남조선 춘천 미군 비행장에 불시착한 실화를 바탕으로 생성형 AI 영화용 시나리오를 써 놓았던 것을 소설로 개작해서 다시 써보았습니다.

　1983년 5월 5일은 남조선은 마침 어린이날 공휴일이라 아이들을 데리고 놀러 가서 강원도 춘천역에 내렸는데 역 앞에 있는 미군 비행장에 대형 중공 민항기가 불시착해 있었습니다.

　춘천 시민들이 중공 민항기를 구경하려고 몰려들고 중공 승객들도 남조선 시민들을 구경하려고 중공 민항기 창문 밖을 신기한 듯 내려다보고 있었으며 중공 민항기 주변에는 완전무장한 미군들이 에워싸고 경계하고 있었습니다.

　이 큰 사건으로 인하여 중공 인민공화국에서 봉황이 날아왔다고 길조라 하고 좋아하게 되었습니다.

　대한민국은 세계적 큰 행사인 제24회 서울 올림픽과 제10회 아시안게임을 앞두고 있었습니다.

이후에 일어난 에피소드는 소설과 시나리오를 보면 알 수 있습니다.

제가 76세에 심혈을 기울여 「중공 민항기 북조선 평양 경유 남조선 춘천 미군 비행장 불시착!」이라는 작품을 썼는데 이밖에 시나리오와 드라마로 써놓은 여러 작품이 있어서 소설로 개작하여 차례로 책을 내려고 합니다.

① 제가 그림을 잘 그릴 줄 모르니 웹툰 소설로 맡기려고 합니다.

② 제 소설을 우선 먼저 챗 GPT를 사용해 영어로 번역하든지. 손수 쓴 번역본이든 영어 소설로 만들려고 합니다.

③ 시나리오를 써놓았으니 생성형 AI 실존했던 인물 데이터로 배우 없는 극장용 영화로 만들어 개봉했으면 좋겠습니다. 기왕이면 이 시나리오에 나오는 큰 회사가 위임받아 ① ② ③을 도맡아서 실행하였으면 참 좋겠습니다. 연락해 주십시오.

지은이 신영일

이메일 yishin0105@naver.com

차례

1.

중공 심양 로켓군부대가 고비사막에
미사일 시범 발사를 실시한다

    중공 심양 군부 부대 사택. 거실 벽에 등소평 주석의 사진액자가 걸려 있는 곳에서 조선족 출신 권민중(37세) 중공 제2포병 로켓군부대 부대장이 중령 군복을 입고 있는데 조선족 부인 장미화(35세)가 옷매무새를 고쳐 주면서 조선족 말을 한다.

    "오늘 가시면 언제 오시나요?"

    "5월 말이나 집에 들어올 것 같습니다. 5월 말에는 **중공 심양 군부에 대륙 간 탄도유도탄 미사일 둥펑-5 ICBM을 태평양 길버트 군도에 원정가서** 시범 발사실시를 명령하라는 엄중하고 막중한 임무가 떨어져서 집에 전화도 못 할 것 같습니다."

    "해외 장거리 미사일 시범 발사군요. 이번에 시범 발사를 잘하면 진급이 되나요?"

    "**예. 진급도 되고, 내년 1984년 10월 1일. 중공 제35주년 건국기념일에 북경 천안문 광장 군사 퍼레이드에 거창하고 웅장한 둥펑DF-5 대륙 간 탄도 유도탄 미사일이 전시되어** 보무도 당당하게 행진할 것입니다."

권민중 중령이 운전병이 운전하는 지프차를 타고 미사일 시범 발사 행사장을 향하여 가서 진두지휘한다.

중공 심양 군부 제2포병 로켓군부대 행사장 앞 연병장에는 중공 제2포병 대원들이 대열로 서 있고 **본부석 단상 중앙 주석단에는 등소평 (79세) 주석이,** 오른쪽에는 **장아이핑(58세) 국방장관이,** 왼쪽 좌석에는 **군 장성복 차림의 첸쉐썬(72세) 중공 우주개발 미사일 박사,** 그 양쪽 좌석과 뒷좌석에는 다른 **장관들과 장군들, 정부의 요직들이** 앉아서 행사를 기다리는데 **로켓군부대장 중령 계급장을 단 조선족 출신 권민중이 사회를 본다.**

"지금부터 1983년 5월 1일 중화인민공화국 **제2포병 로켓군부대 미사일 시범 발사 개회사를 장아이핑 국방장관님이 나오셔서 선언하 시겠습니다.**"

장아이핑 국방장관이 등소평 주석께 목례 인사하고 연단에 서더니 말한다.

"1983년도 중화인민공화국 로켓군부대에 미사일 시범 발사 행사를 선언합니다."

모두 박수를 친다.

「짝! 짝! 짝! 짝! 짝!」

권민중 로켓군부대장이 식전 행사를 알린다.

"지금부터 식전 행사를 시작하겠습니다. 군악병들이 장엄하게 가창 조국을 연주하면 국기 호위병들은 가창 조국 1절만 제자리에 서서 부르고 2절부터는 국기 게양대 앞으로 행진해 오십시오."

중공 제2포병 미사일부대 행사장 정문 앞에는 1명의 기수 병과 3명의 국기 게양병과 32명의 국기 호위병(모두 36명) 62명의 군악병이 정연히 서서 기다리고 있다.

스피커에서 사회자 권민중 중령의 명령이 떨어진다.

"군악대. 가창 조국 연주 시작."

군악대의 연주가 시작되자 국기 호위병들이 제자리에 서서 가창 조국 1절을 합창한다.

"오성홍기가 바람에 펄럭이고 승리의 노랫소리가 울려 퍼진다. 우리 사랑하는 조국을 노래하자 지금부터 번영과 부강으로 나아간다."

가창 조국 1절이 끝나고 오성홍기를 든 기수 병 1명과 국기 게양병 3명이 맨 앞줄에 서고 32명의 국기 호위병이 국기 게양대를 향해 출발하고 뒤이어 군악대가 가창 조국 2절을 장엄하게 연주하면서 그 뒤를 따르면서 행진해 온다.

국기 게양대 앞에 이르자 국기 호위병들이 제자리에 멈춰 서고 군악대도 제자리에 멈춰 서서 연주를 계속한다.

오성홍기를 든 기수병 1명과 국기 게양병 3명만 국기 게양대에 올라서 서 있자 군악대의 가창 조국 연주도 잠시 멈춘다.

사회자 권민중이 알린다.

"오성홍기를 게양하고 애국가를 부르겠습니다. 단상에 계신 귀빈들은 모두 잠시 일어나 애국가를 합창하겠습니다."

귀빈들이 모두 일어나 서고 권민중이 말한다.

"오성홍기를 게양하겠습니다."

군악대가 의용행진곡 서곡을 울려주고 국기 게양병이 묶인 국기를 풀어서 손에 쥐고 팔을 휘둘러 오성홍기를 공중으로 휘날린다.

오성홍기가 오르고 군악대의 의용행진곡과 함께 모두 힘차게 합창한다.

"일어나라. 노예가 되기를 원치 않는 사람들이여 우리의 혈육으로 새로운 만리장성을 세우자. 중화민족에 가장 위험한 시기가 왔을 때 억압받는 한 사람마다 마지막 함성을 외친다네. 일어나라. 일어나라. 일어나라. 우리의 하나같은 마음으로 적군의 포화를 용감히 뚫고 전진하자. 전진하자. 전진하자. 나가자."

의용행진곡 합창이 끝나자, 권민중이 말한다.

"모두 자리에 앉으십시오."

모두 자리에 앉고 권민중이 말을 이어간다.

"다음은 한국전쟁 때 미국 고위급 포로와 미군 조종사 등 11명과 맞바꾼 중공의 영웅 첸쉐썬 중공 제트추진연구소 박사님이 나오셔서 간략한 경과보고를 하시고 미사일 발사 일정을 알려 드리겠습니다."

첸쉐썬이 일어나 등소평 주석을 향해 거수경례를 하고 단상에 서더니 경과보고와 예정 일정을 알린다.

"우리, 위대한 역사와 전통을 가진 중화인민공화국은 이웃 강대국의 핵무기에 치를 떨어야 했습니다. 그래서 1964년에 중공 위민형 원자탄을 만들었으며, 1966년에는 미사일에 핵폭탄을 장착해 동시에 발사하는 데 성공을 했습니다. 1967년에는 중공 위민형 수소폭탄을 만들었으며 프랑스에도 전수해 중공 위민형 원자탄과 수소탄을 보유했고, 1970년에는 인공위성 동평홍 1호를 발사하는 데 성공하였으며, 1971년에는 핵잠수함을 운영하는 데 성공했습니다. 중화인민공화국은 원자폭탄, 수소폭탄, 인공위성, 즉 양 탄 일성을 다 갖춘 국가가 되었습니다. 적국이 아주 멀리 있어도 적개심을 갖고 타격할 수 있게 끝없이 연마해 양과 질적으로 개량하고 장거리 발사 능력을 갖추어야 합니다. 오늘 미사일 발사 시범은 심양에서 고비사막 타깃을 향해서 발사하겠습니다. 미사일 발사 순서는 첫 번째 단순 발사, 두 번째 전투 발사, 세 번째 단발 발사, 네 번째 연발 발사 순으로 시작하겠습니다. 오늘 오전에 미사일 시범 발사가 끝나면 오후에는 미사일 발사 품평회가 있겠습니다. 5월 5일 오전에는 심양에서 중공 민항기를 타고 상하이로 이동하여 만반의 준비를 하고 5월 18일에는 상하이에서 첫 번째로 ICBM 미사일을 태평양 길버트 군도 목표물을 향하여 연습 삼아 발사하겠으며 5월 21일에는 상하이에서 두 번째로 둥펑-5 ICBM 미사일을 태평양 길버트 군도 목표물 무인도를 향해 발사하겠습니다. 둥펑-5 ICBM 미사일 발사 장면은 중공 내 10개 기지국과 인공위성 네트워크로 연결하여 원격측정 원격조정하고, ICBM 미사일을 궤도 수정하면서 진두지휘할 것입니다. 모든 자료는 비디오로 녹화 기록할 것입니다. 여러분의 로켓군부대에 중화인민공화국이 중차대하고 막중한 임무를 맡겼으니 중공 제2포병 로켓군부대의 자부심과 긍지를 가지고 한 치의 오차도 없이 둥펑-5 ICBM 미사일을 태평양 길버트 군도 무인섬 목표물에 명중시켜 주십시오. 그래서 내년 1984년 중공 제35주년 건국기념일에 북경 천안문 광장 군사 퍼레이드에 둥펑 DF-5 대륙 간 탄도 유도탄 미사일이 위풍을 당당하게 드러내 주십시오. 미사일 관측용 레이더 통제 함선과 핵잠수함, 군 수송함, 항공모함, 순양함은 이미 태평양 길버트 군도를 향해 출발했으니 행사 병력들은 사명감과 자부하는 마음을 가지고 일정에 차질 없게 맞추어 주십시오. 행사 병력 수송은 군용기와 중공 민항기로 떠날 테니 차질 없게 참조해 주십시오. 감사합니다. 이상입니다."

첸쉐썬 박사가 등소평 주석께 거수경례를 하고 제자리를 찾아가 앉는다.

권민중이 다음 순서를 알린다.

"지금부터는 중공 미사일부대의 용감무쌍한 중공 제2포병 행진곡을 부르겠습니다."

군악대가 중공 제2포병 군가 행진곡 서곡을 울려주고 중공 제2포병들이 중공 제2포병 행진곡을 합창한다.

"동풍은 강하고 벼락은 아주 강하다. 우리들은 영광스러운 미사일부대 긴 칼 손에 쥐고 강력한 진영 속에서 때를 기다린다. 우리들은 강철로 만든 장성 과학기술로 단련된 정예병들 한 번에 승리를 거두리라. 조국의 안전을 지키고 세계의 평화를 보호한다. 강한 군대 천지를 뒤흔들고 시시각각 당의 명령을 듣는다. 앞으로 앞으로 영광의 미사일부대."

중공 로켓군부대 행진곡 합창이 끝나자, 권민중이 다음 순서를 알린다.

"이제부터는 중공 제2포병들이 미사일 시범 발사장 진지로 행진해 가겠습니다. 중공 제2포병 미사일 시범 발사장 진지 앞으로 출발."

군악대가 중공 제2포병 행진곡을 연주하자 미사일부대가 질서 정연하게 빠져나가고 뒤따라 군악대도 연주하면서 행사장을 떠나가고 연주 소리도 점점 작아지더니 사라진다.

텅 빈 연병장에 이번에는 한 대의 중계방송차가 들어오고 뒤따라 대형 TV 모니터 영상 차 2대가 들어오더니 행사장 본부석 앞 좌우에 자리를 잡고 정차한다.

본부석 귀빈들에게는 쌍안경과 헤드폰이 제각기 지급되어 목에 걸더니 귀에 되고 듣는다.

권민중이 알린다.

"미사일 발사장 진지가 육안에 있어서 자세한 미사일 발사 장면을 보시려면 쌍안경을 쓰고 보시고, 미사일 발사장이 시야에 있어 폭음 소리에 고막 보호용으로 헤드폰을 드렸으니, 헤드폰으로 들으시고 대형 TV 화면으로 미사일 발사 장면을 시청하시길 바랍니다. **미사일 발사부터 사회와 진두지휘는 어려운 여건 속에서도 순수한 우리 기술로 중공의 위민형 원자폭탄과 위민형 수소폭탄을 만드신 중공의 영웅. 위민 원사님이 나오셔서, 진두지휘를 하시겠습니다. 우리 중화인민공화국의 영웅. 위민(56세) 원사님을 박수로 열렬히 환영해 주십시오.**"

귀빈들이 열렬히 박수를 쳐 준다.

「짝! 짝! 짝! 짝! 짝!」

위민이 일어나 등소평과 귀빈들에게 절도 있게 거수경례하고 단상에 서더니 답례한다.

"충성! 여러분의 열렬한 성원에 진심으로 감사드립니다. 지금부터 미사일 발사 시범을 보여 드리겠습니다. **첫 번째 단순 발사. 두 번째 전투 발사. 세 번째 단발 발사. 네 번째 연발 발사. 다섯 번째 마무리**

로 승리 VICTORY 발사로, 실시하겠습니다. 미사일은 중공 심양에서 발사해 중공 고비사막 표적 건물에 맞추려면 시차가 있으니 TV 화면에는 표적물이 조금 늦게 맞춰지게 될 것입니다. 그럼 이해하기 쉽게 참고 사항부터 대형 TV 화면에 보내 드리겠습니다. TV 화면을 시청해 주시길 바랍니다."

중공 우주국 동평홍 인공위성이 지구 궤도에서 안테나를 펴고 지구 표면 사진을 찍고 있다.

지구가 자전하고 있다.

5대양 6대주의 펼쳐진 세계지도가 나타난다.

중공을 가운데 두고 아시아와 한국 전체 지도가 나타난다.

중화인민공화국 전도, 중공 땅만 나타나는데 심양과 고비사막이 표시되고 붉은 화살표가 심양에서 고비사막까지 직선으로 향해 날아간다.

중공 내 고비사막 높은 상공 위를 정찰기가 지나가는데 오아시스 같은 촌락 마을들이 띄엄띄엄 보이고 조금 더 가자, 무인지경의 고비사막이 보이는데 중공군들이 만든 목표물 미스터리 크롬서클 같은 표적물들이 군집으로 보이는데 정찰기가 촬영하면서 지나간다.

중공 고비사막 낮은 상공 위를 정찰 헬리콥터가 낮게 떠서 촬영을 하면서 지나가는데 오아시스 같은 취락 마을들이 띄엄띄엄 크게 보인다.

조금 더 가까이 가자. 무인지경의 고비사막이 보이는데 미스터리 크롬서클 같은 표적물들이 군집으로 보이고 **한자로 단순 발사. 전투 발사. 단발 발사. 연발 발사. 승리 발사. VICTORY**를 금연화, 안개 꽃, 수레 국, 유체 화초류와 풀과 나무, 잡초, 갈대, 보리를 심어 한 문 글씨로 써서 만들었는데 중앙에는 목표물 3층 가건물과 적국의 군 부대 가건물들이 들어서 적국 국기가 게양대 있고 주변에서는 공습경 보 사이렌이 울린다.

중공 심양군부 제2포병 로켓군부대 행사장 본부석의 귀빈들이 중앙 석을 기준으로 좌우로 갈라져서 연병장의 2대의 대형 모니터 TV 화 면을 집중해 시청하고 있다.

고비사막 단순 발사 표적 건축물들이 나타나는데 꽃과 풀로 한문으 로 단순 발사 글자를 쓰고 밑에는 500m 간격으로 크롬서클 같은 타 깃이 4군데에 있는데 밖에서 안으로 빨강, 노랑, 초록색으로 꽃과 잡 초, 보리를 심어 만들어 놓았다. 원형 중심 초록에는 3층 표적 건축물 들이 있는데 4방 4곳에 1, 2, 3, 4, 번호를 붙이고 버티고 있는 TV 화면이 위로 올라가 반을 차지하고 아래 화면이 박차고 올라온다.

심양 제2포병 로켓군부대 시범 단순 발사장 진지에 4대의 대형 미 사일을 실은 차들이 포신을 수직으로 세워놓고 발사 명령만 기다리고 있는데 위민 원사가 명령을 내리는 소리가 들린다.
"단순 발사 팀, 발사 준비, 다섯, 넷, 셋, 둘, 하나 발사."
첫 번째 미사일 발사가 시작되자 2등분한 TV 화면이 사라지고 단순 발사장 2번째 3번째 4번째 미사일 발사 장면이 TV 화면을 독차지한다.

「펑! 펑! 펑! 펑!(4대의 미사일 발사 소리가 난다.)」

미사일 발사 진지에서 미사일이 발사되자 후폭풍이 일고 화약 매연이 자욱하다.

TV 전체 화면에 중공 고비사막 단순 발사 표적 건축물 4동이 나오는데 미사일 폭탄이 타깃 건축물 1번부터 4번까지 차례로 간격을 두고 날아와 명중하자, 표적물이 산산조각이 나서 날아가고 폭음과 불기둥 구름 기둥을 일으키면서 타오르자, 연기와 흙먼지로 사방을 자욱하게 뒤덮는다.

TV 화면이 바뀌어 고비사막 적국 군부대 **전투 발사 타깃 건축물들**이 나타나는데 전투 발사 한자에 붉은 꽃과 흰 꽃으로 장식되어 있다. 적군의 타깃 건축물들이 늘어서 있는데 3층에 관망대, 2층에 사령부, 2층짜리 막사가 모두 위장되어 있고 화약고 수송부의 군부대 트럭들은 위장망으로 가려져 있고, 넓은 부대에 철조망 울타리가 처져 있다.

위의 TV 화면이 1/2등분까지 올라가고 아래 화면이 올라오는데 중공 심양 제2포병 미사일 시범 전투발사장 진지가 나오는데 6대의 미사일을 실은 대형 트레일러가 전투발사장 진지에서 포신을 수직으로 세워놓고 발사 명령을 기다리고 있다.

스피커에서 위민의 전투 발사 명령이 떨어진다.

"전투 발사 팀 발사 준비, 다섯, 넷, 셋, 둘, 하나, 발사."

첫 번째 미사일 전투 발사가 시작되자 1/2등분 한 위 고비사막 TV 화면이 사라지고 두 번째 전투 발사부터 여섯 번째 전투 발사까지 TV 화면이 독차지한다.

「펑! 펑! 펑! 펑! 펑! 펑!(6대의 미사일 발사 소리가 난다.)」

6대의 미사일이 발사되자 후폭풍과 화약 매연으로 주변이 자욱해진다.

TV 화면 전체에 중공의 고비사막 전투 발사 타깃 건축물 적국 군부대 병영이 나오고 사이렌이 요란하게 울리는 가운데 미사일 폭탄이 먼저 3층 사령부와 2층 막사, 화약고 수송부의 차량 순으로 강타해 떨어져 명중하자, 건물들이 산산조각이 나서 날아가고 화약고가 터져서 연속으로 굉음과 불기둥 구름 기둥을 일으키면서 타오르자, 연기와 흙먼지가 사방을 자욱하게 뒤덮는다.

TV 화면이 바뀌어 **중공의 고비사막 단발 발사 타깃** 에너지 저장소들이 나오는데 한자로 단발은 금연화로, 발사는 유체꽃으로 만들어 놓았다.

에너지 저장소들은 발전소, 유류저장소, LNG 저장소, 산소 저장소 등이 있는데 부속 관리동이 고비사막 넓은 땅에 띄엄띄엄 늘어져 있는데 본부동 앞 게양대에 국기와 회사기들이 걸려서 나부끼고 있고 경광등이 켜져 돌아가고 사이렌이 요란하게 울려 댄다.

「앵! 앵! 앵! 앵! 앵!(사이렌이 울려 댄다.)」

TV 밑의 화면이 1/2등분까지 올라간다.

6대의 미사일을 실은 대형 트레일러가 단발 발사장 진지에서 포신을 수직으로 세워놓고 발사 명령을 기다리고 있는데 위민의 발사 명령이 떨어진다.

"단발 발사 팀, 발사 준비, 다섯, 넷, 셋, 둘, 하나 발사."

첫 번째 미사일 발사가 시작되자 위 TV 화면이 사라지고 아래 화면 단발 발사장이 독차지한다.

「펑! 펑! 펑! 펑! 펑! 펑!(6대의 미사일 발사 소리가 난다.)」

6대의 미사일이 발사되자 후폭풍이 불고 화약 매연으로 주변이 자욱해진다.

TV 밑의 화면이 독차지하여 올라오는데 중공 고비사막 단발 발사할 타깃은 적국의 방위산업 기간산업 시설인 발전소, 기름 저장소, LNG 저장소, 산소 저장소에 미사일이 떨어져 명중하자 건물들이 산산조각이 나서 날아가고 인화 물질들이 급속히 발화하여 불기둥 구름 기둥을 일으키면서 폭발음을 내면서 타오르자, 연기와 흙먼지가 사방을 자욱하게 뒤덮는다.

TV 화면은 **중공 고비사막 연발 발사할 화면으로 바뀐다.**

연발 발사 타깃은 적군의 비행장이다. 한문으로 연발 발사를 꽃과 초록색 보리로 심어놓았는데 아래에 모형 비행장이 있는데 전투기,

폭격기, 헬리콥터, 정찰기, 군용 수송기들이 격납고에서 활주로로 머리를 빠끔히 내밀고 질서정연하게 대기해 있는데 관제탑과 관리 동에서 경광등이 켜져 빙글빙글 돌고 사이렌 소리가 요란하게 울려 댄다.

한편. 중공 심양 제2포병 미사일부대 연발 발사장 진지에서는 5대의 다연장 발사체를 실은 방사포가 포신을 수직으로 세워놓고 발사 명령을 기다리고 있는데 위민의 발사 명령이 떨어진다.
"연발 발사 팀 발사, 준비, 다섯, 넷, 셋, 둘, 하나, 발사."
6발씩 장착된 다연장 방사포 5대에서 방사 탄을 쏘아 대자, 화약이 불을 품고 하늘로 치솟아 목표물을 향하여 날아간다.
「탕! 탕! 탕! 탕! 탕!(연속으로 쏘는 소리가 난다.)」
5대의 방사포가 연속으로 포탄을 장착하여 쏘아 대자, 후폭풍과 화약 매연으로 주변이 자욱하다.

TV 전체 화면에 중공 고비사막 연발 발사할 적군 비행장이 나오는데 활주로에 서 있는 전투기, 폭격기, 헬리콥터, 정찰기, 군용 수송기, 격납고 순으로 다연장 방사포탄이 빗발치듯 퍼붓자, 쑥대밭이 되고 관제탑과 관리 동 항공유 저장소에 명중하자 불이 붙어 굉음을 내면서 불기둥, 구름 기둥을 일으키면서 타오르자, 연기와 흙먼지로 사방을 자욱하게 뒤덮는다.

중공 고비사막 산언덕에 빨강, 노랑, 파란색의 원형 타깃 중심 파란색에 기폭제가 박혀 있는데 옆에 2줄로 위 줄은 한문으로 승리, 아래 줄은 영어 필기체로 VICTORY를 써서 솜화약에 도화선이 박혀 있는데 미사일 한 발이 날아와 파란색 중심 기폭제에 명중하자, 도화선에 불이 붙어 솜화약으로 꾸며진 한문 승리 자와 영어 필기체 VICTORY 글자들이 차례로 타오르기 시작하여 글씨가 다 타자, 이번에는 검은 글씨로 영롱히 쓰여진다.

중공 심양군부 제2포병 미사일부대 행사장 귀빈석 중앙에 앉은 등소평 주석과 장아이핑 국방장관, 첸쉐썬 박사와 장관들과 장군들이 만면의 미소를 띠면서
「짝! 짝! 짝! 짝! 짝!」
우레와 같은 박수를 쳐 준다.
사회자 권민중이 귀빈석을 향하여 단상에 서서 말한다.
"이상으로 1983년 5월 1일 중공 제2포병 미사일부대 시범 미사일 발사 행사를 모두 마치겠습니다. 귀빈석에서 내려가시면 미사일부대 식당으로 이동하셔서 점심을 잡수시길 바랍니다. 감사합니다."

중공 심양 제2포병 미사일부대 식당.
중공 제2포병 미사일부대 식당 안에 등소평 주석과 장아이핑 국방장관, 첸쉐썬 박사, 장관들, 장군들과 사병들이 한데 어울려 군대 식판을 가져다 놓고 점심 식사를 하고 있는데 메가폰을 든 권민중 부대장이 말한다.
"식사 도중 대단히 미안합니다. 등소평 주석님께서 미사일부대 장병들에게 격려사를 하시겠습니다."

등소평 주석이 일어나 메가폰을 들고 말한다.

"중화인민공화국의 안전보장을 위해서 불철주야 애쓰시는 로켓군부대의 노고에 진심으로 감사드립니다. 막중한 임무를 맡은 로켓군부대 대원들 모두 항상 건강하시고 무궁한 발전과 행복이 가득하시기를 바랍니다. 감사합니다. 어서 식사하십시오."

등소평 주석과 장아이핑 국방장관, 군무원 일행이 증기 기관차 편으로 베이징으로 떠나고 남은 일행과 첸쉐썬 중공 제트추진연구소 박사가 남아 미사일부대 강의실에서 오늘의 미사일 시범 발사 궤적을 칠판에 그려 놓고 오늘 미사일 발사 체험한 평가와 작동 원리와 강평을 듣고 질문도 하고 토론을 진행한다.

2.

강홍군과 안건위가
역적모의를 진행한다

한편. 보위부 제복과 모자를 쓴 강홍군과 안건위가 보위부 외곽 경계초소에서 권총을 차고 보초를 서면서 역적모의를 진행하고 있는데 안건위가 물어본다.

"강홍군 동무. 하도 궁금해서 묻는데, 우리가 역적모의해서 동경하여 가려는 자유중국은 어떤 나라입니까?"

"우리와 똑같은 인종이고 똑같은 중국말을 하는 자유중국이란 나라인데 공산주의 나라가 아닌 자유민주주의 국가입니다."

"자유중국 라디오 단파 방송을 들으면 중공인들이 비행기를 타고 귀순해 오면 많은 돈을 주고 영웅 대접을 해 주겠다는데 참말입니까?"

"선배들의 말을 들으면 맞는 말이긴 한데, 우리가 실제로 가 봐야 알지 않겠어요?"

"그런데 우리가 여객기를 납치하여 자유중국에 가려는데 공범 6명에 권총 2정, 권총 실탄 61발만 가지고 가면 되겠습니까?"

"중공 민항기 납치 공범 6명이 모두 권총을 1정씩 가졌으면 참 좋겠지만 새로 지급 받은 내 권총과 안건위 동무가 새로 지급 받은 권총 2정이라도 가지고 나가면 어디입니까? 권총 2정만 가지고 거사를 치르는 거고 승무원들을 위협해 뺏은 무기들을 휴대하고 승객들을 위협하여 제압하면, 될 것 같습니다. 퇴근할 때 사복으로 갈아입고 권총과 실탄, 탄띠를 여행용 가방 속에 숨겨서 가지고 나갑시다.”

중공 민항기 북조선 평양 경유 남조선 춘천 미군 비행장 불시착!

3.

중공 상하이행
중공 민항기 표를 산다

중공 심양국제공항 매표소(1983년 5월 3일 1시) 탑승수속 카운터 앞에 공범 6명이 몰려와 모두 공무원증을 보여 주고 탁장인(35세 주동자), 강홍군(23세 저격수), 왕염대(27세), 안건위(22세), 오운비(33세 부주범), 고동평 (28세 여자), 순으로 탑승수속을 받고 비행기표 6장을 사고 주동자 탁장인이 선두로 로비에 나와 의자에 앉아서 역적모의를 진행한다.

"우리의 거사를 위해 상하이행 비행기표 6장을 샀으니, 다음은 무얼하지?"

주범 탁장인이 말하자 여자 공범 고동평이 대답한다.

"권총 은닉용 온도조절기 박스 3대를 사러 나갑시다."

"아참. 그렇지."

공범 6명이 모두 일어나 로비를 빠져나간다.

중공 심양 탁장인의 집(1983년 5월 4일 밤 8시) 거실에서 탁장인,

강홍군, 안건위가 온도조절기 3대를 하나씩 나누어 가지고 내부장치를 제거하더니 그 속에 강홍군과 안건위가 각각 옆구리 탄띠 권총집에 찬 권총 1정씩을 꺼내 빈 온도조절기 2개에 권총 2정과 탁장인이 빈 온도조절기 박스 1개에 권총 실탄 61발을 숨겨 넣고 박스 포장을 해 묶어서 감쪽같이 위장해 놓고 주범 탁장인이 말한다.

"왕염대와 오운비는 자기 집에서 마지막 잠을 자고 내일 5월 5일 새벽 6시에 우리 집에 와 내 승용차를 타고 심양동탑국제공항으로 가기로 했고 고동평 아가씨는 공항에서 8시에 합류하기로 약속했으니 우리 3명은 일찍 자자."

1983년 5월 5일 거사일 아침 6시가 되자 탁장인이 운전하는 승용차에 강홍군, 안건위, 왕염대, 오운비 5명이 함께 타고 출발하여 중공 심양동탑국제공항에 도착하여 한적한 주차장에 차를 주차해 놓고 내린다.

비행기 납치를 공모한 공범자 5명이 공항 현관 앞으로 가더니 연신 줄담배를 피우면서 자주 시계를 보고 초조 불안해하면서 여자 공범 고동평을 기다린다.

중공 상하이로 출장 가는 조선족 손님을 태운 조선족 운전기사의 모습.

심양국제공항을 향해서 사방에서 여객기를 타려고 모여드는데 조선족 박애자(30세), 그의 아들 왕호걸(6세), 조선족 리우진(25세 핵잠수함 수병)이 조선족 운전기사가 운전하는 택시를 타고 오면서 담소하면서 왕호걸에게 묻는다.

중공 민항기 북조선 평양 경유 남조선 춘천 미군 비행장 불시착!

"사내대장부는 이름이 뭐고 몇 살이고 어딜 가요?"

"이름은 왕호걸이고요. 나이는 6살이고, 심양에서 비행기를 타고 상하이에 살고 계신 외할머니 집에 가요."

박애자가 말한다.

"중공에서는 5월 첫 주가 어머니 주간이고, 심양 백화점 경영진들에게 상하이에 출장 가서 바뀐 국세법을 연수받으라고 명령이 떨어져서 친정집에 왕호걸이를 맡기고 연수도 받고 효도도 할 겸, 겸사겸사 상하이 친정집에 가는 중입니다."

"그렇군요. 제가 듣고 알기로는 남조선은 오늘 5월 5일은 어린이날 공휴일이라 어린이를 데리고 창경원 동물원에도 놀러 가고 5월 8일은 어버이날로 정해 부모님께 카네이션도 가슴에 달아 드리고 외식도 해 드린다는데 중공에도 어머니 주간이 있었군요."

조수석의 리우진 이름표를 보고 말한다.

"리우진 해군 수병은 어딜 가는 중입니까?"

"상하이에 있는 원자력 잠수함 부대에 귀대하러 가는 중입니다. 상하이에서 핵잠수함을 타고 태평양 길버트 군도 길버트 항구에 해외 원정, 출장을 갈 것입니다."

조선족 운전기사와 담소하면서 **심양동탑국제공항**에 도착하여 내린다.

4.

남조선 서울 창경원의
어린이날 풍경

한편. 한국 서울 창경원 매표소 옆 정문 위 플래카드에 「1983년 5월 5일 오늘은 즐거운 어린이날입니다」라고 쓰여 있다.

창경원 앞에는 어린이를 동반한 가족들이 음식들을 바리바리 싸 들고 온 상춘객들과 잡상인들로 인산인해를 이루고 있고 건널목에서는 경찰들이 동원되어 오토바이를 타고 와 질서를 잡아가면서 입장을 하는데 옛날 포졸 옷을 입은 거인 문지기가 담벼락 너머에서 밖을 내려다보고 있다.

KBS TV 촬영 팀이, 거인 포졸 수문장 모습을 잡으려고 창경원 안으로 들어간다.

창경원 안 기와지붕 담벼락 밑에서는, 거인 포졸 수문장을 보려고 아이들이 몰려와 에워싸고 키 재기를 해 보고 우러러보고 거인이 앉아서 양팔을 벌리자, 여러 명의 아이들이 깍지 껴 매달리고 거인이 거뜬히 일어나자, 모두 짝! 짝! 짝! 박수 치면서 즐거워하고 있다.

중공 민항기 북조선 평양 경유 남조선 춘천 미군 비행장 불시착!

창경원 유리온실 식물원. 유리온실 안에 아이들이 엄마 아빠와 함께 들어와 열대 식물들. 파인애플, 바나나, 야자수, 무화과, 망고, 리치, 두리안, 람부탄, 레몬, 재리 등이 탐스럽게 주렁주렁 열려 있는 과일 식물들을 상춘객들이 구경하고 몰려와서 가족사진도 찍는다.

창경원 동물원. 코끼리 사육장 울타리 앞에 아이들이 몰려와 엄마 아빠와 함께 구경하는데 귀여운 아기 코끼리가 아장아장 엄마 코끼리를 쫄랑쫄랑 따라다니다가 엄마 코끼리가 코로 물을 들이켜 빨아 먹자, 아기 코끼리도 코로 물을 들이켜 빨아 먹다가 이번에는 코로 물을 들이키더니 하늘로 코를 치올려 원형을 그리더니 관람객들을 향하여 물총을 쏘자, 아이들이 혼비백산 달아난다.

5.

중공 심양동탑국제공항 대합실
탑승수속 카운터 앞

공항 대합실 탑승수속 카운터 앞에서는 리우진과 왕호걸, 박애자가 탑승권에 체크인해서 받고 기다리는데 안내 방송이 나온다.

「9시 15분 심양 출발 상하이로 가실 여행객들은 3번 탑승 게이트로 모여 주시길 바랍니다.」

대기해 있던 여행객들이 로비에서 일어나 3번 게이트로 몰리자 갑자기 3번 게이트가 소란해지고 탑승수속 절차가 시작되자 여행객들이 일어서서 한 줄로 길게 늘어서고 리우진과 박애자. 왕호걸도 줄을 서려고 간다.

심양동탑국제공항 현관 앞에 한참 만에 고동평이 탄 택시가 도착해 내리자, 성급한 순서대로 강홍군, 안건위, 왕염대, 오운비, 탁장인이 몰려오자, 고동평이 말한다.

"동지들. 대단히 미안합니다. 길이 막혀서 늦었습니다."

탁장인이 공범 4명을 달래더니 고동평에게 말한다.

중공 민항기 북조선 평양 경유 남조선 춘천 미군 비행장 불시착!

"고동평 동지. 9시 15분 심양 출발 상하이행 비행기야. 이러다 여객기 놓치겠어. 빨리 청사 안으로 들어가서 출국수속을 마치고 탑승하자."

탁장인이 고동평에게 온도조절기 박스 뭉치를 건네주자, 고동평이 온도조절기 박스 뭉치를 받아 들고 앞장서서 청사로 들어가서 탑승수속 카운터 앞에 가서 선다.

공범 6명 모두가 공무원이라 공무원증을 보여 주고 탑승 수속은 일사천리로 진행하고 3번 탑승 게이트 보안 검색대도 모두 공무원 신분증을 내밀어 온도조절기 박스 뭉치 3대에 숨긴 권총 2정과 권총 실탄 61발을 들고 고동평이 맨 앞에 서서 보안 검색대를 무사히 통과하고 나머지 탁장인, 강홍군, 왕염대, 안건위, 오운비 순으로 보안 검색대를 무사히 통과해 나간다.

심양국제공항 3번 탑승 통로를 6인의 공범자들이 긴장을 풀고 미소로 담소하며 즐거워하면서 탑승구로 이동한다.

멀리 공항 주기장에 상하이행 중공 민항기가 보이는데 승객들이 탑승구를 나와 모두 공항 리무진 버스에 타고 가는데 고동평이 온도조절기 박스를 강홍군에게 인계인수해 주고 리무진 버스에서 내린다.

6명의 공범이 중공 민항기 앞문에 올라 휴게실 1등실, 2등실을 지나 3등실에 들어와 좌석에 앉는데 강홍군, 왕염대, 왕호걸이 나란히 앉고 통로 건너에 박애자와 리우진 순으로 자리가 배치되고 고동평은 앞줄 창가에 탁장인, 안건위, 오운비는 분산되어 앉는데 박애자가 아들 왕호걸을 안아 무릎에 앉힌다.

중공 민항기에서는 중공 대륙풍의 경쾌한 경음악이 흐르고 나들이 승객들이 들뜬 기색으로 자리를 찾아다니자 3명의 스튜어디스가 자리를 찾아주고 앉혀 주자, 모든 소란이 멈추고 조용해지자, 통신사 왕영창이 인원 파악을 하고 2등실로 향하여 가자, 계기사 임국영이 뒷문을 걸어 잠근다.

2등실 안락의자에 탑승객 5명이 띄엄띄엄 앉아 있는데 왕영창이 인원 파악을 하고 1등실로 들어가는데 넓은 공간에 안락의자를 펴면 침대가 되는 구조인데 탑승객이 1명도 없다.

왕영창이 중공 민항기 휴게실 앞 조종실 보안 문을 열쇠로 열고 조종실 안으로 들어가 문을 잠그고 조종사에게 인원 보고를 하려는데 조종사 왕이연이 무선전화를 받고 있고 부조종사 화장림. 부항법사 왕배부가 함께 있다.

"여기는 관제탑인데 상하이 제2포병 미사일부대 행사장으로 가는 장성과 장교, 정부 원로들을 비어 있는 1등실, 2등실에 11시 25분에 탑승시켜 11시 45분에 출발하려고 하니 지금 타고 있는 민간인 승객들은 주기장에 잠시 내려놓고 11시 33분에 다시 탑승시키길 바라고 주유를 더 하고 안전 점검을 다시 하고 주기장에 다시 나오길 바란다. 이상."

왕이연 조종사가 대답한다.

"잘 알았다. 행동을 개시하겠다. 이상."

왕이연이 기내의 마이크를 잡더니 알린다.

"탑승객 여러분 안녕하십니까? 조종사 왕이연입니다. 여러분의 안전을 위해 항공유를 가득 채우고 여객기 이곳저곳을 다시 점검하고 다시 나오겠으니 잠시만 주기장에 내려서 기다리시길 바랍니다. 대단히 미안합니다. 이상입니다."

중공 민항기 3등실 승객들이 뒤숭숭하여 웅성거리면서 휴대품 짐들을 다시 챙기기 시작하는데 강홍군이 왕호걸 자리에 앉고 가운데 빈자리에 온도조절기 상자를 풀어놓고 왕염대와 옆을 보고 앉아서 권총을 개봉하려다가 깜짝 놀라면서 온도조절기 박스를 포장 끈으로 다시 묶으면서, 놀래서 말한다.

"왕염대 동무, 이게 무슨 소리야? 빨리 짐을 쌉시다."

왕염대는 온도조절기 박스 뭉치를 잡고 강홍군은 포장 끈을 다시 묶어서 들고 일어나 가자, 탁장인이 다가와서 온도조절기 박스 뭉치를 받아 든다.

중공 민항기 밑 주기장 앞에 미리 내려온 승무원들이 도열해 있는데 간단한 휴대 물품을 든 탑승객들이 시무룩하여 내려오는데 탁장인, 고동평, 강홍군, 왕염대, 안건위, 오운비 6명의 공범자들은 긴장해 허탈한 모습으로 중공 민항기 트랩을 내려온다.

탑승객들이 모두 내리고 중공 민항기는 급유를 위해 주유소로 간다.

중공 민항기에 주유기를 꽂고 주유를 더하고 중공 민항기의 날개들을 까닥까닥거리면서 테스트를 받더니 주기장으로 다시 다가온다.

주기장에 온 중공 민항기에 트랩이 설치되고 승무원들이 붉은 양탄자를 깔아놓고 도열해 선다.

3등실 승객들이 다시 탑승하려고 붉은 양탄자를 밟고 오르려 하자 승무원들이 저지해 말린다. 통신사 왕영창이 손으로 저지하면서 말한다.

"잠깐만 대기하고 기다리십시오. 탑승도 순서가 있습니다."

양탄자를 밟았던 승객들이 비켜 주자, 왕영창이 말한다.

"1등실, 2등실 승객들이 먼저 나오셔서 탑승하시고, 3등실 많은 승객들은 잠깐만 대기하십시오. 1등실과 2등실을 타고 상하이로 가실 정부 고위직 원로들과 중공 제2포병 로켓군부대 장성들이 다 타고나면 3등실 승객들이 다시 타게 될 것입니다."

소외감을 느낀 3등실 승객들이 말없이 순응하자 2등실 5명의 탑승객이 먼저 양탄자를 밟고 트랩을 올라가 중공 민항기로 들어간다.

3등실 탑승 승객들 중에 키 큰 미국인 의사 워싱턴(56세)과 메아리(53세) 부인이 눈에 띄고, 화려한 여행복으로 갈아입은 일본인 간호사 아가씨들 3명이 돋보이게 눈에 들어온다.

멀리 탑승구에서 중공 민항기 주기장으로 순회해 오던 리무진 버스가 붉은 양탄자 끝자락에 다가와 서더니 인민복 차림의 정부 원로와 장성들과 참모들이 내린다.

인민복 차림의 원로들과 로켓군부대 마크를 단 장성들이 먼저 양탄자를 밟고 트랩을 오르고 뒤따라 참모들과 장교들, 사복 입은 국무원들이 트랩에 올라 중공 민항기에 들어간다.

중공 민항기 1등실 안, 모자 선반 위에는 장군들의 모자가 즐비하게 놓여 있고 그 밑에는 국무원들과 장성들 12명이 앉아 있는데, 권민중과 스튜어디스 강영민이 상관들의 휴대 물품들을 좌석 뒤 보관함에 넣어주고 2등실로 간다.

중공 민항기 2등실 안 모자 선반 위에 령관급과 위관급 모자들이 즐비하게 놓여 있고 그 밑에는 참모들과 장교들이 앉아 있는데, 권민중이 참모들 자리에 앉고 정매 스튜어디스가 탑승객들을 도와준다.

중공 민항기 3등실 안에서는 스튜어디스 이하가 탑승객들을 돕고 있는데 기내 방송이 흘러나온다.
「손님 여러분, 가지고 계신 짐은 앞좌석 밑이나 선반 속에 보관해 주시고, 선반을 여실 때는 먼저 넣은 물건이 떨어지지 않도록 조심하여 주십시오. 감사합니다.」
아까 3등실에 앉아 있던 탑승객들은 제자리를 찾아가 조용히 앉아 있는데 인원이 불어서 빈 좌석이 없다.
강홍군과 왕염대는 긴장하여 시무룩한 모습으로 앉아 있다.
통신사 왕영창이 탑승 인원을 파악하고 이상이 없자 계기사 임국영에게 손가락 동작으로 원을 그리고 비틀어 문 잠그는 신호를 보내자, 계기사가 뒷문을 걸어 잠근다.

왕영창이 2등실과 1등실 탑승 인원을 파악하고 휴게실로 나와서 조종실 보안 문 앞에 가서 서더니 문을 열쇠로 열고 조종실 안으로 들어간다.
조정실에 들어온 왕영창이 조종실 보안 문을 잠그고 조종사 부조종사 부항법사가 있는데 탑승자 인원 보고를 한다.

"친절. (거수경례하고) 중공 민항기 탑승객 인원보고, 총 탑승객 105명, 승무원 9명, 외국인 미국인 2명, 일본인 3명, 내국인 91명 모두 이상 무."

중공 민항기 1등실에는 원로 국무원과 정무원 장성들 12명이 의자를 늘어트려 침대로 만들어 비스듬히 누워서 휴식을 취하고 있는데 TV가 켜지더니 화면에 조종사의 얼굴이 나타나더니 조종사의 목소리가 흘러나온다.

"탑승객 여러분 안녕하십니까? 중공 민항기를 탑승해 주셔서 대단히 감사합니다. 저는 여러분들을 심양국제공항에서 상하이국제공항까지 안전하고 편안하게 모셔다드릴 중요한 임무를 맡은 조종사 왕이연(43세)입니다. 이 중공 민항기는 심양국제공항에서 11시 45분에 출발하여 목적지 상하이국제공항에 오후 4시 55분경에 도착할 예정입니다. 여러분의 안전하고 편안한 여행을 도와드릴 승무원 8명을 소개하겠습니다."

중공 민항기 2등실에는 령관급 참모들과 위관급 장교들 인민복 차림의 공무원들이 안락의자 자세로 TV를 시청하고 있는데 화면에 부조종사가 나와서 인사한다.

"부조종사 화장림(33세)입니다."

다음 화면에는 항법사와 부항법사가 나와서 인사한다.

"항법사 마운부(33세)입니다."

"부항법사 왕배부(25세)입니다."

TV 화면에는 계기사와 통신사가 나와서 인사한다.

"계기사 임국영(43세)입니다."

"통신사 왕영창(22세)입니다."

중공 민항기 3등실에는 편안한 자세로 좌석에 앉아 TV를 시청하고 있는데 TV 화면에 스튜어디스 3명이 나와서 인사한다.

"스튜어디스 정매(20세)입니다."

"스튜어디스 이하(20세)입니다."

"스튜어디스 강영민(20세)입니다."

마지막 화면에는 전체 9명의 승무원이 나오고 조종사가 말한다.

"이렇게 모두 9명의 승무원이 탑승객 96명 여러분들을 상하이국제공항까지 무사하고 편안하게 도착할 수 있도록 도와드리겠습니다. 감사합니다."

조종사의 말이 끝나자 9명의 승무원이 인사하고 복창한다.

"탑승객 여러분, 모두 기쁘고 즐거운 여행 되십시오. 감사합니다."

TV 화면이 꺼지자 3등실 통로에 이하 스튜어디스와 강영민 스튜어디스가 간격을 두고 나와서 비상구 위치와 비상장비 사용법에 대해서 손짓하면서 실물을 보여 주면서 알려 준다.

"지금부터 비상구 위치와 비상장비 사용법에 대해 안내해 드리겠습니다. 잠시만 주목해 주시길 바랍니다. 이 중공 민항기의 비상구는 모두 4개로 좌우 앞뒤에 있습니다. 만일의 사고가 날 경우를 대비해 여러분의 좌석에서 가장 가까운 비상구의 위치를 확인하시길 바랍니다. 만약에 비상시 비행기의 일반 전원이 꺼질 경우 통로의 비상 유도등이 자동으로 켜지며 이 유도등은 비상구까지 여러분을 안내할 것입니다. 좌석 벨트 사인이 켜지면 반드시 좌석 벨트를 매 주십시오. 벨트는 버클을 끼워 허리 아래로 내려서 조여 주시고 풀 때는 덮개를 들어 올리시면 풀립니다. 산소마스크는 선반 속에 있으며 비상시 산소 공급이 필요할 때 저절로 내려옵니다. 마스크가 내려오면 앞으로 잡아당겨 코와 입에 대시고 끈으로 머리에 고정하여 주십시오. 도움이 필요한 동반자가 있을 때는 먼저 마스크를 착용하신 후 도와주시길 바랍니다. 여러분의 적극적인 협조 부탁드립니다. 감사합니다."

강영민과 이하가 시범을 보이고 공손히 인사하고 들어가고 조종사의 기내 방송이 흘러나온다.

"손님 여러분 오랫동안 기다리셨습니다. 심양국제공항에서 상하이 국제공항까지 가는 중공 민항기 296편이 잠시 후 11시 45분에 출발하겠습니다. 갖고 계신 간단한 휴대품 짐은 앞좌석 아래나 머리 위 선반 속에 보관해 주시고 지정된 좌석에 앉아 좌석 벨트를 매주시길 바랍니다. 감사합니다."

잠시 후 중공 민항기가 주기장에서 서서히 움직이기 시작하여 진입로를 거쳐서 활주로를 향하여 들어간다.

중공 심양국제공항 활주로에 들어간 영국산 B 296 트라이던트 중공 민항기가 활주로를 박차고 달리더니 하늘로 치솟아 올라 수평으로 비행하는데 구름 위로도 가고 구름 아래로도 가고 어떤 때는 구름의 중심을 뚫고 질주해 앞으로 날아간다.

　중공 민항기 북조선 평양 경유 남조선 춘천 미군 비행장 불시착!

중공 민항기 3등실 벽시계가 11시 55분을 지나가고 경쾌한 배경 음악 소리가 은은하게 들린다.

기내에는 여행객들이 제자리를 잡고 편안한 자세로 앉아 눈을 감고 자는 사람, 소곤소곤 담소하는 사람, 창밖에 있는 하늘의 솜털 구름을 내려다보는 사람 등 고요한데 통로에는 스튜어디스 이하와 강영민이 핸드카에 여러 종류의 차와 음료수를 싣고 나와서 서비스하고 들어가자, 중공 민항기 기내는 조용하고 더 고요해진다.

6.

중공 민항기
납치를 강행한다

  탁장인이 앞좌석 의자 아래에 숨겨 둔 온도조절기 박스 뭉치를 꺼내 가지고 간다.

  박애자가 아들 왕호걸을 무릎에 앉히자, 통로 옆 왕호걸 자리가 빈 좌석이 되자 강홍군이 옮겨 앉고 탁장인이 가운데 좌석에 앉아서 온도조절기 상자를 열고 권총 2정을 꺼내 탄창을 장전해서 강홍군과 왕염대에게 각각 권총 1정, 탄창 2개씩을 나누어 준다.

  권총 혁대를 미리 차고 있던 강홍군과 왕염대가 권총을 받아 권총집에 꽂고 탄창은 점퍼 앞 포켓 양쪽에 나누어 넣고 대기하면서 창밖을 내려다보는데 중공의 다롄 반도가 눈앞에 다가온다.

  중공 민항기 3등실 맨 앞쪽 창가에 앉아서 망을 보던 고동평이 커피를 마시면서 창밖을 내려다보는데 중공 민항기가 다롄 반도에 접근해와 있자 의자에서 일어나더니 의자에 커피를 쏟아붓고 큰 소리로 난동을 부린다.

  "탑승객에게 커피 서비스가 이게 뭐야! 커피가 다 식었잖아. 보안관,

빨리 나와!"

지금부터는 침묵 속에 암울한 배경 음악이 흐른다.

먼저 계기사 임국영이 달려오고 뒤따라 맨 뒤 좌석에 앉아 있던 항법사 마운부가 사태를 수습하려고 황급히 가는데 탁장인이 일어나더니 큰 소리로 명령을 내린다.

"전원 맡은 바 임무대로 행동을 개시하라!"

이때 좌석 여기저기에서 4명의 공범자가

"예! 예! 예! 예!"

대답하고 자리를 박차고 일어나 통로로 나오더니 강홍군과 왕염대가 권총을 꺼내 3등실 승객들을 향해 위협한다.

"모두 엎드려! 움직이면 권총을 쏘겠다."

통로에 미리 나와 있던 항법사 마운부의 뒤통수에 강홍군이 권총을 겨냥하고, 왕염대가 계기사 임국영에게 권총을 겨냥해, 중공 민항기 납치 공범 6명이 합세해 승무원 2명을 무장 해제시키면서 탁장인이 명령한다.

"중공 민항기 납치범 6명이 모두 합세해서 승무원 2명을 무장 해제시켜라! 그리고 계기사와 항법사가 휴대한 호신용 권총 탄띠는 오운비 동무와 안건위 동무가 나누어 차라. 그리고 계기사와 항법사의 혁대와 구두끈까지 풀어서 회수하라!"

항법사와 계기사가 혁대까지 회수해 가자, 흘러내리는 바지춤을 왼손으로 붙잡고 난감해하는데 탁장인이 명령한다.

"오운비 동무는 3등실 안전과 경계를 맡으십시오."

"예. 걱정하지 마십시오. … 3등실 승객들 모두 엎드려! (계기사와

항법사를 보면서) 계기사와 항법사는 좋은 말할 때 제자리에 찾아가
서 앉아라!"

계기사와 항법사가 흘러내리는 바지춤을 왼손으로 붙잡고 제자리를
찾아가 앉는다.

탑승객들이 공포에 질려 모두 엎드려 있는데 개중에는 엎드렸다가
얼굴을 빠끔히 쳐들어 보는 사람도 있는데 공포감에 무서움과 두려움
에 휩싸여 있다.

권총을 든 오운비가 총구를 여기저기 겨누며 말한다.

"이것들 봐라! 말을 듣지 않으면 그 사람에게 권총을 쏘겠다."

왕호걸이 조선어로 말한다.

"엄마. 권총 든 사람들은 누구야요? 나쁜 사람들이야요?"

(조선말로) "쉿, 조용히 해. (귓속말로) 나쁜 사람들이야."

왕호걸이 엄마를 보면서 중국어로 말한다.

"나쁜 사람들."

리우진이 입술에 집게손가락을 대면서 조선어로 말한다.

"쉿, 조용히 해!"

왕호걸이 조선어로 말한다.

"왜? 우리한테 총을 겨누고 있어요?"

"쉿, 조용히 하지 않으면 총에 맞아 죽어."

오운비가 총구를 겨누면서 중공 말로 호통친다.

"누가 떠들어? 꼬마 너도 조용히 하고 엎드려라."

왕호걸이 놀래서 얼굴을 치켜 보이면서 삐죽 삐죽거리면서 입술을
내밀면서 울상을 짓는다.

박애자가 중국어로 말하고 손으로 머리를 숙여 준다.

"왕호걸아 엎드려라."

오운비가 권총을 들고 3등실을 여기저기 헤집고 다니면서 공포 분위기를 조성하더니 3등실을 제압해 놓는다.

중공 민항기 1등실 경계는 고동평이 맡고, 2등실은 호신용 권총을 찬 안건위가 맡아서 복도 앞에서 경계한다.

탁장인과 함께 권총을 든 강홍군, 왕엽대가 2등실과 1등실을 지나쳐 휴게실에 헐레벌떡 뛰어 들어와 조종실 보안 문 앞에 서자, 탁장인이 조종실 문손잡이를 비틀어도 문이 열리지 않자, 강홍군이 말한다.

"조종실 문이 잠겼습니다. 탁장인 동무. 저리 비키십시오. 조종실 자물통에 권총을 쏴 파괴하여 열고 들어가겠습니다. 권총을 철판에 쏘면 산탄이 산발적으로 튈 줄 모르니 옆으로 비키십시오."

모두 옆으로 비켜 주자 강홍군이 권총을 잠금장치에 정조준하더니 2발을 쏜다.

「탕! 탕! (잠금장치가 파괴되자 스프링이) 핑! (하고 튕겨 나온다.)」

그리고 연속으로 반대편 문 경첩 2개에 각각 2발씩 쏜다.

「탕! 탕! (위 경첩에 발사) 탕! 탕! (아래 경첩에 발사한다.)」

조종실 문에 모두 6발의 총탄이 발사되자, 조종실 문이 폭 싹! 주저앉는다.

탁장인이 조종실 출입문을 양손으로 밀고 들어가려는 데 문이 열리지 않자, 문기둥을 양손으로 붙잡고 두 발로 세게 3회 차서 조종실 안쪽으로 넘어트려 주자, 왕엽대와 강홍군이 함께 누워 있는 조종실 문을 밟고 안으로 돌진해 들어가자, 그 순간 조종실 안에서 문이 안 열리게 밀고 있던 부항법사 왕배부와 통신사 왕영창이 목봉과 손도끼를 들고 대항하자, 강흥군이 말하고 권총을 쏜다.

"이 자식들이 단체로 반항해! 권총 맛을 봐라."

「탕! (통신사의 대퇴부에 발사한다.)」

「탕! (부항법사의 대퇴부에 발사한다.)」

부항법사와 통신사가 대퇴부에 관통상을 입고 비명을 지르면서 쓰러지고 조종사와 부조종사가 번갈아 가면서 뒤를 돌아본다.

왕염대가 통신사를 강흥군이 부항법사의 목덜미를 붙잡고 끌어다 조종실 밖 휴게실 테이블 앞에 놓는다.

탁장인이 통신사의 권총 탄띠를 풀어 차고 혁대를 풀어서 지혈해 놓고, 휴게실에 들어온 고동평이 부항법사의 권총 탄띠를 풀어 차고 혁대를 풀어서 지혈해 놓는다.

권총을 든 강흥군과 왕염대가 중공 민항기를 조종하는 조종사와 부조종사 가까이 다가가 뒤통수에 번갈아 가며 총구를 겨냥하는데 강흥군이 말한다.

"꼼짝 말고 비행기 조종만 해라. 일어나면 총을 쏘겠다."

왕염대가 진짜 권총을 탁장인에게 주면서 호신용 권총과 바꾸자고 말한다.

"탁장인 동무. 진짜 권총과 호신용 권총과 바꿉시다. 나는 외부로 연락하는 통신 시설을 차단하겠습니다."

탁장인이 권총을 바꾸어 찬다.

왕염대가 권총을 바꾸어 차고 가더니 분전반을 열고 딸깍! 딸깍! 차

중공 민항기 북조선 평양 경유 남조선 춘천 미군 비행장 불시착!

단기를 내린다.

조종실에 갑자기 일반 등이 꺼지고 비상등과 화살표 복도 바닥 표시 등만 켜져 어두워지자 다시 켠다.

권총을 꺼내 쥔 탁장인이 조종사의 머리를 겨냥하며 말한다.

"내 말을 듣지 않으면 권총으로 쏴 죽이겠다. 알겠나."

협박하면서 탁장인이 갑자기 항공기 조종간을 붙잡고 82도에서 87도 사이로 조종하자 중공 민항기가 휘청하고 요동친다.

탁장인이 명령한다.

"조종사. 중공 민항기 기수를 자유중국으로 돌려라."

조종사가 한참을 말이 없다가 설명한다.

"이 중공 민항기는 상하이로 가는 여객기라 연료가 부족하여 저 머나먼 자유중국까지는 갈 수 없습니다."

탁장인이 말없이 잠시 주춤하더니 얼굴을 찌푸리면서 붉히더니 말한다.

"그러면 남조선 서울 김포국제공항으로 기수를 돌려라."

조종사가 고개를 끄떡이더니 말한다.

"예. 잘 알겠습니다."

7.

조종사가 중공 민항기를 몰고
북조선 평양 순안국제공항을 향해 날아간다

조종사가 TV 모니터 화면을 클로즈업해 본다.

지도의 중심에 북조선 평양이 나오고 아래 남조선 서울이 나오고 오른쪽에 중공 상하이 그 밑에 섬나라 자유중국이 나와 있는데 심양을 출발한 중공 민항기가 다롄까지는 빨간 실선으로 달리다가 기수를 갑자기 90도로 돌려 급선회하더니 북조선 평양을 향해 달리고 다롄에서 상하이는 파란 점선으로 목적지 이탈로 비상등이 깜박 깜박거린다.

중공 민항기 3등실에 여자 공범 고동평이 긴장해서 허겁지겁 들어오고, 뒤따라 스튜어디스 강영민이 구급상자를 들고 들어와 서는데 무서워서 어쩔 줄 몰라 하면서 두 손으로 들고 있는 구급상자를 붙들고 덜덜 떨고 있는데, 고동평이 긴장한 얼굴로 지원 요청을 한다.

"탑승객 여러분. 잠깐만 고개를 들어주십시오."

승객들이 살며시 고개를 쳐드는데 모두 공포감에 질려 긴장한 모습인데 고동평이 말한다.

"탑승객 중에 의사 선생님 계십니까?"

중년의 미국인 의사 부부가 있는데 잰틀맨 인 워싱턴이 손을 펴들고 일어나더니 주변을 두리번거리면서 대답한다.

"예. 여기 있습니다."

고동평이 워싱턴을 보면서 묻는다.

"어느 나라 사람이며, 어디에서 근무하는 의삽니까?"

"미국인이며 국경없는의사회 소속 의사이며 연변 조선족 자치주 하얼빈 자선병원에서 의사로 근무하고 있습니다."

"예. 알겠습니다. 조금만 서 계십시오. 또 간호사님 계십니까?"

중간 좌석에 나란히 앉아 있던 일본인 간호사 아가씨 3명이 서로 얼굴을 쳐다보면서 슬며시 손을 든다.

"어느 나라 간호사들입니까?"

하나꼬(32세)가 대표로 말한다.

"일본인 간호사들입니다."

"미국인 의사 선생님을 따라 일본인 고참 간호사 한 명만 저를 따라 오시기를 바랍니다."

고동평이 앞서가고 워싱턴 의사가 뒤따르고 스튜어디스 강영민이 그다음, 맨 뒤에는 하나꼬 수간호사가 뒤따라 3등실을 나간다.

오운비가 권총을 만지작거리면서 돌리다가 들고 말한다.

"긴급히 전하는 상항이 끝났으니 다시 모두 엎드려!"

3등실 승객들이 모두 다시 엎드린다.

고동평이 앞서고 한 줄로 서서 뒤따라 워싱턴, 강영민, 하나꼬가 3

등실. 2등실. 1등실(중간 통로 복도 옆면, 화장실, 조리실, 옷장, 전망 창)을 거쳐 휴게실 문 앞에 와서 선다.

휴게실을 지키던 왕염대가 분전반을 열어 일반 등 차단기를 켜자, 휴게실이 환해진다.

휴게실 문을 열고 4명의 구급대원들, 납치범 고동평, 의사 워싱턴, 스튜어디스 강영민, 수간호사 하나꼬가 헐레벌떡거리면서 들어온다.

총상을 입은 통신사와 부항법사가 바닥에 누워서 다리를 부여잡고 신음을 토하고 있다.

"아이고 아야! 내 다리야 나 죽겠네. 사람 살려!"

"아이고 아야! 나 죽겠네!"

워싱턴이 구급함을 휴게실 탁자 위에 벌려놓고 고무장갑을 끼더니 집도하기 시작한다.

워싱턴과 하나꼬가 거들어 통신사를 부축해 휴게실 테이블 위에 눕히더니 피투성이가 된 바짓단을 허벅지까지 가위로 잘라내는데 중상이다.

먼저 압박붕대로 허벅지에 묶어 지혈해 놓고 지혈했던 혁대를 풀어놓고, 대퇴골 뼈에 쪼개진 총알이 박혀 보이자, 핀셋으로 총알을 꺼내고 세척과 응급치료를 하고 30cm 대나무자 2개를 부목 삼아 고정해 놓고 붕대로 칭칭 감아 응급조치를 취해놓고 워싱턴과 하나꼬가 합세해 휴게실 바닥에 내려놓는다.

다음은 부항법사를 휴게실 탁자 위에 눕히더니 피투성이가 된 바짓단을 가위로 허벅지까지 잘라내는데 경상인데 온전한 총알이 뼈 사이

중공 민항기 북조선 평양 경유 남조선 춘천 미군 비행장 불시착!

를 비껴가 바지 단에서 나온다.

압박붕대로 허벅지를 묶어 지혈하고 지혈했던 혁대를 풀어놓고, 세척과 치료를 해 놓고 붕대로 칭칭 감아 놓는다.

중공 민항기가 공해상에서 크게 360도로 한 번 선회하고 시간을 보내더니, 북조선 수도 평양 순안국제공항을 향해 진입해 들어간다.

북조선 평양 순안국제공항 하늘 위에서 중공 민항기가 귀순 신호로 날개를 상하로 까닥 까닥거리면서 돌면서, 조종사가 뒤돌아보면서 탑승인에게 알린다.

"여기가 남조선 서울 김포국제공항인데 내릴 준비를 하십시오."

"알았다."

중공 민항기가 북조선 평양 순안국제공항 관제탑에서 착륙하라는 아무런 연락이 없자 평양 시가지를 높게 떠돌기 시작한다.

먼저 360도로 1회전 하자 큰 산과 큰 덩치의 건물들과 공설운동장 능라도 체육관 건물들이 펼쳐져 보이는데 순안국제공항 관제탑에서 불시착하라는 아무런 연락이 없자 중공 민항기가 평양 시가지를 떠돌기 시작한다.

중공 민항기가 평양 상공에서 360도로 2회전 하면서 낮게 떠 평양 시가지를 돌아다니자, 2등실 권민중 중령과 승객들이 평양 시가지를 내려다보는데 능라도 유원지며 수영장과 평양 모란봉. 중공-북조선 수호 탑과 김일성 동상이 보이는데 주체사상탑 꼭대기 성화봉 위에서는 24시간 불길이 타오르고 있다.

중공 민항기 2등실 안, 령관급 참모 자리에 앉은 권민중이 손가방에서 약을 꺼내서 물병과 함께 들고 2등실에서 문을 열고 복도로 나가자, 고동평과 맞닥뜨린다.

"동무, 어디 가십니까?"

"1등실에 계시는 국무원 상관님께 고혈압 약을 드리려고 갑니다."

"빨리 가져다드리고 나오세요!"

"예."

1등실 문을 열고 권민중이 들어오고 고위급 승객들이 안락의자에 앉아 창밖을 내려다보는데 고위직 승객들이 만면에 미소 짓는다.

권민중이 국무원 상관에게 다가가 고혈압 약을 드린다.

"고혈압 약을 드셔야 하겠습니다."

"응. 자네 창밖을 내려다보게 북조선 평양 시가지야."

중공 민항기가 저공으로 360도 3회전을 시작하면서 창밖 평양 시가지를 내려다보는데 평양의 높고 큰 건물 지붕 위에「조선 평양 과학관」「조선 평양 조산원」이라 쓰여 있고 금으로 치장한 김일성 동상이 보이고 주체사상탑 성화봉 불길이 발아래 닿을 듯 치솟는다.

탁장인이 조종사의 머리 위 정수리를 겨누고 있는데 조종사가 말한다.

"여기가 남조선 서울의 김포국제공항 하늘인데 중공 민항기가 귀순하겠다는 신호로 날개를 까닥까닥거리면서 5번째로 선회를 하는 중인데 남조선 서울 김포국제공항 관제탑에서 불시착하라는 아무런 응답이 없습니다."

조종사가 겁에 질린 모습으로 옆으로 탁장인을 치올려 본다.

탁장인이 조종석 앞 창문으로 북조선 평양 조산원 지붕 건물들을 내려다보더니 깜짝 놀라면서 얼굴을 붉히면서 왼손으로 조종사의 목 뒷덜미를 탁! 치면서 말한다.

"조종사. 너 죽고 싶나! 북조선 평양이잖아! 내가 작년 7월 27일 북조선 전승 기념일에 평양에서 거행되는 군사 퍼레이드에 초청받아 왔던 곳이야."

강홍군도 덩달아 말한다.

"북조선 주체사상탑은 어떤 여대생의 아이디어 설계도를 특선작으로 당선시켜 김일성이 1982년도 작년에 세웠으며 성화봉 꼭대기 불길은 1년 365일 24시간 항상 불길이 활활 타오르게 하라고 북조선 김일성 수령이 명령한 곳이야! 그런데 우리를 북조선 평양에 내려놓으려고 했어, 이 자식들이 정신이 있나 없나!"

열받은 탁장인이 성질이 나서 말한다.

"좋은 말할 때, 남조선 서울 김포국제공항으로 기수를 돌려라, 알겠나!"

"예. 알겠습니다."

조종사가 체념하고 중공 민항기 조종간을 돌려 남쪽으로 향하여 내려간다.

북조선 평양 하늘 위에서 평양 시가지를 돌던 중공 민항기가 평양을 박차고 개성시가지를 향해 날아간다.

한편. **중공 민항기 3등실 안**에서는 조선족 6세 왕호걸의 장기 자랑이 벌어지고 있다.

대형 브라운관 TV가 꺼진 탁자 위에 왕호걸이 올라서서 노래하며 춤추면서 장난감 쌀가마, 옷, 교과서를 굴뚝에서 검은 연기가 몽실! 몽실! 나는 목탄 짐차. 짐칸에 실으면서 유희를 한다.

"뛰뛰! **빵빵**! 내 동생 신바람 나서 승리호 목탄차 몰고 간다. 쌀과 교과서 옷을 싣고 헐벗고 굶주려 희망 없는 남조선 어린이들에게 먹여 주고 입혀 주고 재워 주고 북조선 교과서로 배와 주려고 갑니다."

왕호걸의 엄마, 박애자가 훈수를 들어서 한마디 한다.

"좀 쉬었다 가세요."

"안 됩니다! (단호하게) 남조선 아이들이 눈 **빠**지게 우리를 기다리고 있어요!"

왕호걸의 유희가 끝나자, 오운비가 왕호걸이에게 묻자, 엄마 박애자가 대답한다.

"어디서 배웠어요?"

"북조선 김일성 수령님이 중공 조선족의 조국은 북조선이라고 중공 조선족에게 원조한 북조선 교과서를 지원받아 중공 조선족 학교에서 열심히 배우고 있어요."

중공 민항기 북조선 평양 경유 남조선 춘천 미군 비행장 불시착!

8.

경기도 용인 에버랜드
어린이날 풍경

한편. 남조선 용인 에버랜드 사파리 동물원에서는 어린이들과 부모들이 사파리 버스를 타고 이동하다가 잠시 멈추고 사자와 호랑이가 으르렁거리면서 싸우는데 어린이들이 누가 이길까? 궁금해하면서 쳐다보고 있다.

아이들이 원숭이 사육장에 와 구경하는데 사육사가 원숭들에게 바나나를 던져주자 잘들 받아먹고 둥근 나무와 파이프로 엉키 성키 조립해 놓은 정글짐 운동기구에 교대로 나왔다. 들어갔다. 하고 철봉에 매달려 묘기를 보여 주고 그네 타기를 하며 놀자, 아이들이 잘한다고
「짝! 짝! 짝! 짝! 짝!」
박수 쳐 준다.

9.

중공 민항기가 북조선 개성시를 지나 휴전선에 들어와서 배회한다

한편. 중공 민항기가 북조선 개성시가지를 지나 북방한계선으로 날아들어 온다.

한국 서울 김포국제공항 공군 레이더 탐지실에서는 관측장교가 레이더에 나타난 중공 민항기를 살피는데 북한 개성에서 남하하던 중공 민항기가 휴전선을 넘어와 남한 GP까지 내려왔다가 다시 북상하여 휴전선을 넘어 북한의 GP를 넘나들더니 휴전선 지류를 타고 동쪽 춘천 방향으로 날아가자, 서울 김포국제공항 공군 관측장교가 무전기로 송신한다.

"경북 예천 팬텀기 공군 비행장 송신하라."

한국 경북 예천 공군 비행장 관측장교가 무전을 받는다.
"김포국제공항 공군 레이더 관제실 송신하라."

"지금 북한 개성에서 남하한 비행기가 휴전선을 넘나들면서 강원도 춘천 방향으로 북상해 가고 있다. 팬텀기 편대를 출동시켜라! 이상."

예천 비행장 조종사 대기실에서는 비상벨 소리가
「따르릉! 따르릉! 따르릉! 따르릉! 따르릉!」
요란하게 울리고
「번쩍! 번쩍! 번쩍! 번쩍! 번쩍!」
빨간 경광등이 켜져서 돌고 있다.

"김포국제공항 관제실 잘 알았다. 지금 비상벨을 눌러서 팬텀기를
출동시켰다. 이상."

경북 예천 공군 팬텀기 비행장 조종사 대기실에서는 빨간 스크램블
이 켜져서 돌고
「따르릉! 따르릉! 따르릉! 따르릉! 따르릉!」
비상벨이 요란하게 울리고, 팬텀기 조종사들이 의자에 앉아 휴식을
취하다가 부리나케 일어나 활주로 앞에 있는 팬텀기를 향하여 내달리
고 팬텀기 4대에 조종사들이 올라타더니 조종하자 팬텀기가 활주로를
질주해 달려서 굉음을 요란하게 내면서 이륙해 하늘로 치솟아 오른다.

한편. **한국 서울 청와대 상황실에서는 장세동 청와대 대통령 경호
실장**이 서울 세종로 종합청사 상황실 민방위 대장에게 전화로 지시하
자, 종합청사 민방위 대장이 또박또박 복창한다.

"이것은 실제 사항입니다. 중공 전투기가 휴전선을 넘어와 남한 철원 GP에 폭격을 하고 있어서 긴급히 공습경보를 발령합니다. 모두 대피소로 피신해 주시길 바랍니다."

한국 서울 청와대 야외 어린이날 가설무대에서는 전두환 대통령과 이순자 영부인과 각계 인사들을 모시고 제61회 어린이날 행사를 진행하고 있는데 전두환 대통령이 단상에 올라와서 어린이들에게 격려하고 있다.

"전국에서 착하고 모범적인 어린이들 300여 명을 선발해 초청해서 청와대에서 어린이날 큰 잔치를 해 주려고 여러분을 모셨는데 어린이 여러분 오늘 점심 식사 많이 했어요?"

"예!"

어린이들이 우렁차게 대답한다.

"어린이들이 편식하지 않고 점심 식사 많이 했다니 대통령도 기쁩니다. 오늘은 여러분을 위한 어린이날이라 즐겁고 재미있게 해 주려고 다양한 레퍼토리로 연극을 꾸며 놓았으니 즐겁고 기쁘게 잘 봐주세요. 그리고 이 행사가 끝나면 좋은 선물들을 많이 마련했으니 기쁘고 즐거운 마음으로 받아 가세요."

"예!"

어린이들이 우렁차게 대답한다.

전두환 대통령이 무대에서 내려와 이순자 영부인과 함께 어린이들 중앙에 자리하고 있는데 사회자가 나와서 다음 순서를 알린다.

"이번 순서는 세계적인 한국의 어린이 합창단인, 고아원 원아들로

중공 민항기 북조선 평양 경유 남조선 춘천 미군 비행장 불시착!

구성된 선명회 어린이 합창단이 나와서 어린이날 주제곡을 먼저 불러드리고 경쾌하고 유쾌한 노래 3곡을 접속곡으로 불러드리겠습니다. 박수로 환영해 주십시오."

「짝! 짝! 짝! 짝! 짝!」

모두 박수 쳐 준다.

귀엽고 세련된 깜찍한 합창단 단복을 입은 선명회 어린이 합창단이 무대에 나와서 공손히 인사하더니 어린이날 주제곡 서곡이 끝나자, 반주에 맞춰 노래를 부른다.

"날아라 새들아 푸른 하늘을 달려라 냇물아 푸른 벌판을 오월은 푸르구나 우리들은 자란다. 오늘은 어린이날 우리들 세상. 우리가 자라면 나라에 일꾼 손잡고 나가자 서로 정답게."

이때 장세동 대통령 경호실장이 황급히 전두환 대통령 내외분께 다가가 귓속말로 알린다.

"대통령 각하. 지금 중공 폭격기가 휴전선을 넘어와 우리 땅 남한 GP에 폭격을 하고 있다고 합니다."

이때 청와대 야외 스피커에서 서울 세종로 종합청사 민방위 사령관의 목소리가 들리는데 긴급 공습경보를 발령하고 공습경보 사유를 알린다.

공습경보 사이렌이 3분 간격으로 파상음으로 계속 요란하게 9분 동안 울려 댄다.

「앵앵앵! 앵앵앵! 앵앵앵! 앵앵앵! 앵앵앵!」

공습경보 사이렌 소리가 요란하게 울리는 가운데 민방위 사령관의 목소리가 나온다.

"이것은 실제 상황입니다. 중공 전투기가 휴전선을 넘어와 우리 남한 땅 GP에 폭격을 하고 있어서 긴급히 공습경보를 발령합니다. 모두 대피소로 피신해 주시길 바랍니다."

장세동 대통령 경호실장이 독촉한다.

"대통령 각하. 빨리 지하 벙커 대피소로 피신하셔야 합니다."

"잘 알았다. 먼저 이 어린이들을 청와대 지하 벙커 대피소로 피신시켜라."

"예. 알겠습니다."

사회자가 알린다.

"어린이 여러분. 실제 상황 공습경보 사이렌이 울리고 있으니 어린이 여러분은 안전한 청와대 지하 벙커 대피소로 피신하십시오!"

맨 마지막에 전두환 대통령 내외분이 어린이들을 몰고 지하 벙커로 들어가자, 청와대 경내가 인기척이 없고 공습경보 사이렌 소리만 요란하게 크게 울려 댄다.

「앵앵앵! 앵앵앵! 앵앵앵! 앵앵앵! 앵앵앵!」

중공 민항기가 휴전선을 지나 북한 GP에 가까워지자, 대남 심리전 방송이 바람결에 들려오는데 '김일성 장군의 노래'를 북한 군인들이 알아듣지도 못하게 걸걸한 목소리로 합창을 한다.

"장백산 줄기줄기 피어린 자국 압록강 굽이굽이 피어린 자국 오늘도 자유 조선 꽃다발 우에 영력이 비쳐 주신 거룩한 자 욱. 아 그 이름도

중공 민항기 북조선 평양 경유 남조선 춘천 미군 비행장 불시착!

그리운 우리의 장군 아아 그 이름도 빛나는 김일성 장군."

중공 민항기가 휴전선을 넘어오자, 남한 GP에서도 대북 심리전 방송이 스피커에서 들려오는데 소양강 처녀의 노래가 들려온다.

중공 민항기가 남한 GP에 가까워지자, '소양강 처녀'의 노랫소리가 점점 가까이 들려온다.

10.

중공 민항기가 북조선 평양을 경유해
남조선 춘천 미군 비행장에 불시착한다

중공 민항기가 남한 GP를 세로 질러 GOP를 넘어와 중부 전선 철원 하늘 위에서 남하하는데 4대의 팬텀기가 굉음을 내면서 다가오자, 중공 민항기가 다시 북상을 시도하자 선두 팬텀기가 야광 공포탄을 쏘며 위협사격을 가하자, 중공 민항기가 다시 남하하면서 비행기 날개를 상하로

「까닥! 까닥! 까닥! 까닥! 까닥!」

거리면서 귀순 의사를 밝히자, 한국의 공군 팬텀기 4대가 중공 민항기를 가운데 두고 앞, 뒤, 좌, 우에서 호위하면서 춘천을 향해 내려온다.

중공 민항기와 팬텀기 4대가 소양 땜 위를 지나 소양강 변을 날아들어 온다.

한국 춘천시 시가지 하늘 위에서 중공 민항기를 호위하던 팬텀기 4대가 중공 조종사에게 비행기 고도를 낮추라고 손짓 신호로 안내해 춘천 미국 육군 비행장으로 유도해 주고 팬텀기 4대는 급하강해 내려오

는데 춘천 미군 비행장의 짧은 활주로를 곡예 하듯이 수직상승 해 치솟아 하늘 높이 날아가고, 중공 민항기는 고도를 낮추더니 활주로를 지나 잔디밭에 바퀴가 빠져 펑크도 나고 스키드 바퀴 자국을 남기고 철조망 울타리 2m 앞에는 프랑스식 민가가 있는데 철조망 1m 앞에 와서 가까스로 멈추어 선다.

한국 춘천 미군 비행장에 불시착한 중공 민항기 기내에서는 납치범들과 승객들이 호기심 어린 눈초리로 창밖 춘천역 앞 어린이날 가족들이 나들이하는 모습을 내려다보고 있는데 미군 경비병들이 개인화기를 들고 달려와 중공 민항기를 에워싸고 경비를 서고 미국 육군 앰뷸런스 3대가 달려와 정지한다.

중공 민항기 휴게실 벽시계가 2시 10분을 넘어가는데 그 밑에서는 통신사는 우측 대퇴부에 관통상을 입고 부항법사는 좌측 대퇴부에 관통상을 입어 다리를 붕대로 칭칭 동여 감고 부상당한 다리를 끈으로 묶어서 올려 매고 누워 있다.

계기사가 흘러내리는 바지춤을 왼손으로 붙잡고 오른손으로 앞문을 열자, 미군 지휘관과 완전무장한 경비병들이 중공 민항기를 올려다보는데 열려 있는 앞문 뒤에 총상당 한 통신사와 부항법사가 누워 있고 문 앞에는 워싱턴과 권총을 들고 미군 지휘관을 겨냥하면서 탁장인이 내려다보고 있다.

워싱턴이 지휘관에게 권총을 겨누고 있는 탁장인의 손목을 붙잡아 숙이자, 탁장인이 왼손으로 워싱턴의 손목을 탁! 치더니 다시 지휘관에게 총구를 겨누자, 워싱턴이 옆으로 쏘아보면서 중국어로 한마디한다.

"여보게 젊은이, 다 된 밥에 재 뿌릴 텐가?"

"아, 아닙니다."

탁장인이 정신을 바짝 차리고 권총을 권총집에 찔러 넣는다.

워싱턴이 한 발짝 앞에 나와 서서 미군 지휘관에게 영어로 지원을 요청한다.

"여보세요. 지휘관님. 저는 미국 사람이고 국경없는의사회 소속 의사입니다. 중공 민항기에 총상당 한 승무원 2명이 있어서 긴급히 후송을 요청합니다."

미군 총지휘관이 영어로 말한다.

"수고하십니다. 환자를 후송해 드리겠습니다. 잠시 사다리차가 올 때까지만 기다려 주십시오."

워싱턴이 두 손을 모으고 절하면서 고마움을 표시한다.

"감사합니다! 감사합니다!"

한편. 한국 서울 어느 아파트 거실에서는 3남매의 아이들이 부모님과 함께 TV 프로 디즈니랜드 애니메이션 백설 공주를 보고 있는데 TV 하단에 자막으로 「중공 민항기 공중 납치되어 춘천 미군 비행장에 불시착!」이라고 쓴 자막이 흐르고 있다.

한국 서울 세종로 종합 정부 청사 상황실에서는 민방위 공습경보를 해제한다는 말을 민방위 사령부 실장이 알린다.

중공 민항기 북조선 평양 경유 남조선 춘천 미군 비행장 불시착!

「지금부터 민방위 공습경보를 해제합니다. 종전에 중공 폭격기라 말씀드렸는데 중공 민항기가 귀순해 춘천 미군 비행장에 불시착했다고 정정합니다. 국민 여러분 즐거운 어린이날에 심려를 끼쳐 드려서 대단히 죄송합니다. 지금까지 훈련에 잘 따라주셔서 국민 여러분. 대단히 감사합니다. 이상 민방위 사령부에서 홍보실장 황금평이 말씀드렸습니다.」

중공 민항기 휴게실 앞문 밑에 스리쿼터가 계단을 끌고 와 중공 민항기 앞문과 연결해 놓자, 워싱턴이 탁장인을 보면서 말한다.
"여보게 젊은이. 이 부상자들을 병원에 인계하고 오겠습니다."
"예. 그렇게 하십시오."
탁장인이 선뜻 승낙한다.
워싱턴이 통신사를 부축해 내려오고 하나꼬가 부항법사를 부축해 내려오자, 중공 민항기 앞문이 철커덕! 하고 닫힌다.
1번째 앰뷸런스에는 통신사와 워싱턴이, 2번째 앰뷸런스에는 부항법사가 하나꼬와 운전병의 부축을 받으면서 앰뷸런스에 올라타자, 곧 운전해 간다.

춘천 미군 헬리콥터 비행장에 몸체에 적십자마크를 단 대형 다스 도프(의료용 헬기)가 프로펠러를 돌리고 있는데 앰뷸런스가 달려와 선다.
앰뷸런스의 문이 열리자, 운전병들의 부축을 받으면서 통신사와 워싱턴, 부항법사와 하나꼬가 육중한 다스 도프에 올라타자 곧 이륙해 날아간다.

다스 도프 안에는 응급실이 꾸며져 있는데 미국 육군 군의관과 여군 간호장교가 통신사와 부항법사에게 링거주사를 꽂아 준다.

의료용 헬기가 춘천 시가지 하늘 위를 출발해 날아가는데 경유지는 경기도 가평, 강변, 퇴계원, 수락산, 서울 난지도를 거쳐 이윽고 목적지 서울시 강서구 등촌동 국군통합병원 하늘 위 상공에 날아와서 통합병원 헬리콥터장에 사뿐히 내려와 앉자, 한국군 위생병들이 2개의 침대 카를 끌고 와 통신사와 부항법사를 침대 카에 옮겨 싣고 링거를 옮겨 꽂고 쏜살같이 달려간다.

서울 국군통합병원 응급실에 실려 온 통신사와 부항법사에게 군의관들과 간호장교들이 따라붙는데 워싱턴과 하나꼬가 들어오자, 군의관과 간호장교가 피 묻은 옷을 입은 워싱턴과 하나꼬의 측은한 모습이 민망해서, 의사 가운과 간호사 가운을 가져와서 입혀 주는데 취재진이 떼거리로 몰려와 KBS 중앙방송국 기자가 워싱턴에게 영어로 묻는다.

"중공 민항기 납치범들은 몇 명이며 납치범들이 왜 한국 땅에 들어오게 되었습니까?"

"중공 민항기 납치범들은 모두 6명이며 그중에 여자 1명이 끼어 있습니다. 아마 자유중국으로 가려다가 상황이 여의찮아 남조선에 온 것 같습니다."

NHK 방송국 기자가 하나꼬에게 일본말로 묻는다.

"중공 민항기 납치범들은 몇 살쯤 됐으며? 무슨 이유로 한국 땅에 오게 되었으며? 휴대한 무기는 무엇입니까?"

"새파랗게 젊은 20대에서 30대쯤 되어 보이고 꿈 많은 청장년들이고 악몽인 중공 문화대혁명 암흑시대를 손수 겪고 미래가 불투명하고 미래의 비전도 없는 공산주의 나라가 싫어서 꿈을 마음껏 펼칠 수 있는 자유중국에 정치적 망명을 요구하다가 아마 그 뜻을 이루지 못하여 한국 땅에 들어온 것 같습니다. 중공 민항기 납치범들이 휴대한 무기는."

　이때 워싱턴과 하나꼬를 군의관들과 간호장교들이 에워싸서 CT실 복도로 몰아가 따돌리는데 총상 입은 통신사와 부항법사의 침대 카가 CT실로 들어간다.

　워싱턴과 하나꼬가 들어온 CT실 복도에는 CT 1실부터 CT 6실까지 있는데 여기까지 사진 기자들이 들어와서 사진을 찍는다.

　CT 1실에 들어온 통신사가 오른쪽 다리 대퇴부의 CT를 찍는다.

　CT 2실에 들어온 부항법사가 왼쪽 다리 대퇴부의 CT를 찍는다.

　통합병원 수술장 복도에 워싱턴과 하나꼬가 들어오자, 군의관과 간호장교가 파란 수술 가운을 덧입혀서 변장시켜 놓는다.

　대형 수술장에 2대의 수술대가 있는데 2개 팀의 수술진이 만반의 준비를 갖추고 있는데 통신사의 침대 카가 먼저 들어오고 뒤따라 부항법사의 침대 카가 들어와 각각의 수술용 침대에 옮겨지자 2개 팀의 수술진이 CT 필름을 꽂아 놓고 수술을 집도하기 시작한다.

　이때 워싱턴과 하나꼬가 수술 장에 들어와 수술하는 모습을 보는데 워싱턴이 주머니에서 2개의 권총 알을 꺼내더니 통신사와 부항법사의 얼굴을 구별해 보더니 쪼개진 총알은 통신사의 그릇에 담아주고 온전한 총알은 부항법사의 그릇에 담아주면서 워싱턴이 영어로 말한다.

"이 쪼개진 권총 알은 통신사의 오른쪽 허벅지 대퇴골 뼈에 박혔던 것이고 이 온전한 총알은 부항법사의 왼쪽 허벅지 대퇴부를 관통한 것입니다."

중공 민항기 북조선 평양 경유 남조선 춘천 미군 비행장 불시착!

11.

서울 명동 자유중국 대사관에
비상이 걸린다

한편. 한국 서울의 명동 자유중국 대사관에서는 정문이 활짝! 열려 있는데 한국에서 지원 나온 카 보이 경호 오토바이 5대가 요란하게 사이렌을 울리면서 먼저 출발해 나오고 뒤따라 자유중국 국기를 단 대사관 세단 승용차 2대가 나온다.

「삐뽀! 삐뽀!」 (오토바이가 길을 터달라고 경고음을 요란하게 울리고 차들이 비켜 주자) 「애앵! 애앵!」 (속도를 낸다.)」

명동을 빠져나온 자유중국 대사관 세단 승용차들이 을지로 입구 쪽으로 우회전하여 달리더니 춘천을 향하여 달려간다.

12.

홍콩 대한민국 총영사관발로 중공 베이징 정부에 중공 민항기 납치 사건을 전한다

　한편. 중화인민공화국 베이징중앙당사 주석실에 비서실장이 황급히 들어와 등소평 주석께 중공 민항기 행방불명 사고와 사실을 알린다.

　"등소평 주석님. 국무원들과 로켓군 장성들이 중공 민항기에 탑승하고 심양국제공항에서 상하이국제공항으로 ICBM 미사일 발사 훈련을 가던 중 중공 민항기가 중공 다렌 반도를 지난 후부터 연락이 두절된 상태입니다."

　"중공 내 모든 공항에 수소문해 보았나요?"

　"예. 국내 공항뿐만 아니라 중화인민공화국과 외교 관계를 맺은 우방 국가 대사관들과 영사관들에 텔렉스로 수소문했으나 지금까지 아무런 연락이나 소식이 들어온 것이 없습니다. 다시 수소문하여 통보가 오면 보고드리겠습니다."

　비서실장이 바삐 나가고 등소평 주석이 초조, 불안, 착잡한 모습으로 집무실에서 일어나 고심 참담해하면서 생각에 잠겨 서성거리면서 왔다 갔다 한다.

비서실장이 텔렉스실에 들어와 수신자 텔레타이프라이터가 자동으로 찍어내는 종이를 들려다 보는데 맨 위에 한국어, 중국어, 영어, 프랑스어 순으로 찍어 올라오는데 프린트된 종이를 찌이익! 찢어서 읽어 보더니 등소평 주석실로 가지고 들어간다.

등소평 주석과 비서실장이 옆에 나란히 앉아서 텔렉스 내용을 머리를 맞대고 들여다보는데 비서실장은 중국어를 들여다보고 있고 프랑스에 유학한 등소평 주석은 프랑스어를 들여다보면서 분석을 시작한다.

송신자는 홍콩 주재 대한민국 총영사관발로 수신자는 중화인민공화국 베이징 정부로 쓰여 있다.

그 내용은 「중공 민항기 북조선 평양 경유 남조선 춘천 미군 비행장 불시착!」이라고 쓰여 있다.

"등소평 주석님. 중공 민항기가 우리의 혈맹국인 북조선 평양 순안 국제공항에 급하게 들어가 착륙을 시도했는데 착륙하지 못하고 우리의 적국인 남조선 춘천 미군 비행장에 불시착한 것 같습니다!"

등소평 주석이 성질이나 얼굴을 붉기면서 말한다.

"북조선이 중공 민항기를 홀대하다니! 북조선이 1950년 6월 25일 한국전쟁 때 일요일 날 꼭두새벽 4시에 남조선을 기습 남침해 남하하여 대구, 부산만 남아 있을 때 유엔군이 남조선에 긴급히 참전해 북진하여 38도선을 넘어 북조선 평양 정부를 함락시키고 이승만 대통령 정부가 평양에 입성해 평양 시민들이 환영대회를 열렬하게 열어 주고, 남조선군인들이 압록강 변 초산까지 밀고 올라가 북조선 임시 정부가 함경도광산 동굴에 숨어서 간신이 은신해 몰락 위기에 있을 때,

중공 정부가 1백만 중공 인민지원군을 투입해 36만 명을 희생시켜 도와줘서 북조선을 일으켜 세워주었는데 북조선 김일성 수령이 신의를 저버리고 배반하다니 이럴 수가 있는가!"

등소평 주석이 대단히 노하면서 한국전쟁을 회상한다.

중공의 단동 압록강 다리 앞에 중공군 군악대가 중공 인민지원군 군가를 계속 연주하고 압록강 다리 차도는 소련제 중공 대포들과 박격포들을 실은 트레일러트럭들이 증기 기관차가 다니는 철교에는 소련제 많은 탱크와 고사포들을 싣고 인도 양쪽에는 완전 무장한 중공 인민지원군들이 중공 인민지원군 군가를 열창하면서 북조선 신의주를 향해 돌진해 들어간다.

"힘차고 씩씩하게 압록강을 건너자 평화를 지키고 조국을 지키는 것이 바로 고향을 지키는 것. 중공의 선남선녀들이 한마음 한뜻으로 단결하여 항미 원조에 나서 미국 승냥이를 때려잡자."

한국전쟁 초창기에 모택동의 장남 모안영이 중공 인민지원군 1호로 참전해, 1호로 사망했다.

"북조선 중공 인민지원군 열사 능원 맨 앞에 매장하고 묘비 정면에 「모택동 동지의 장남」이라 새겨 넣어 북-중 혈맹의 상징으로 삼았고 1954년 중공 제5회 건국기념일에 베이징의 천안문 망루에 모택동이 옆에 김일성을 초대해 중공 건국기념 열병식에도 참관시키는 후한 대접도 해 주었는데 북조선 김일성 수령이 이럴 수가 있을까?"

등소평 주석이 6.25 한국전쟁을 회상하면서 대 노한다.

"비서실장. 우리의 국무원들과 장군들을 빨리 데려와야지요. 베이징에서 남조선 서울까지 여객기로 얼마나 걸려요?"

"직항로로 1시간 30분쯤 걸립니다."

"그러면 빨리 데려와야 하지 않겠어요?"

"등소평 주석님. 남조선은 중공 인민공화국과는 우리의 적국이며 북조선의 적국이며 소련의 적국이고 남조선은 중공과 외교 관계를 맺지 않아 통화할 전화선도 없습니다."

"그러면 우리의 국무원들과 군무관들. 장군들을 어떻게 데려오면 좋겠어요?"

"중공에서 남조선에 직항로로 가서 협상하여 데려올 수는 있으나 남조선의 적국인 북조선 김일성 수령의 눈치도 보아야 하고 김일성의 심기를 건드려서는 안 됩니다. **중공 문화대혁명 기간에 등소평 주석님이 하방하여 시골 엔진 공장에서 근무하며 고생하실 때 북조선에서 이런 일도 있었습니다. 조-중 관계가 나빴을 때 홍위병들이 소련과 중공에 양다리를 걸친 북조선 김일성을 수정주의자라고 비난했고 북경 시내 곳곳에 주사파 김일성을 체포하라는 대자보를 붙였는데 김일성이 이 소식을 듣고 대 노하여 중공 인민지원군 열사 능원 맨 앞에 매장한 북-중 혈맹의 상징인 모택동의 장남 모안영의 묘지와 비석부터 산산조각을 내기 시작해 드넓은 중공 인민지원군 열사 능원 묘지를 모두 파해 치고 비석들을 다 때려 부수었던 일들도 있었습니다. 등소평 주석님.** 오늘은 중공 베이징 정부에서 홍콩 주재 대한민국 총영사관에 텔렉스로 1983년 5월 7일 정오에 대한민국 서울 김포국제공항에 중공 협상 대표단을 실은 중공 민항기가 갈 테니 착륙 허가를 내주십시오. 텔렉스로 전문을 미리 보내고, 중공 베이징 정부는 중공 민항기가 남조선 춘천 미군 비행장에 불시착한 협상 대표단을 조속히 꾸려서 내일 베이징을 출발해 제3국인 영국령 홍콩에서 하룻밤을 자고 홍콩국제공항에서 중공 민항기 보잉 707을 타고 대만해협 공해상을 거쳐 상하이해를 지나 대한민국 제주해협을 통과해 5월 7일 정오에 대한민국 서울 김포국제공항에 착륙을 시키겠습니다."

한국 강원도 남이섬 유원지에서 「**한국의 어린이날에 미군 군악대와 의장대의 묘기 시가행진 행사**」 위문공연을 마친 미국 대사관 2대의 시누 그 헬리콥터에 미국 대사와 참사관. 미군 의장대와 미국 군악대와 행사 요원들을 가득 태우고 날아가는데 2대의 헬리콥터 배 밑에 「미국 대사관」이라고 쓰고 성조기가 그려져 있다.

중공 민항기 북조선 평양 경유 남조선 춘천 미군 비행장 불시착!

13.

한국 정부는 긴급히 납치범과 협상할
대표단을 꾸려 국군통합병원에서 적십자가 그려진
다스 도프 의료용 헬리콥터를 탄다

한국 서울시 등촌동 국군통합병원 헬리콥터 착륙장에 다스 도프 적십자 헬리콥터가 앉아 있는데 의사 복을 입은 워싱턴과 간호사복을 입은 하나꼬가 한국의 협상 수석대표 공로명 차관, 법무부 관리국장 박희태, 대책반장 안기부 차장 박세직 등이 타고, 또 다른 태극기와 한글로 대한민국 큰 글자가 새겨진 시누 그 헬리콥터에는 가슴에 쌍권총을 찬 저격수 경호원 3명과 그밖에 법무부 검찰 공무원들과 KBS 보도진이 다 타자 헬리콥터가 하늘로 오르더니 성산대교를 지나가면서 속도를 높여 춘천을 향해 날아간다.

14.

서울 순화동 일본 대사관에도
비상이 걸린다

한편. 한국 서울 순화동 일본 대사관에서도 비상이 걸려 정문이 활짝! 열려 있는데 한국에서 지원 나온 카 보이 경호 오토바이 5대가 사이렌을 요란하게 울리면서 먼저 출발해 나오고 뒤따라 일장기를 단 일본 대사관 세단 승용차 2대가 나온다.

「삐뽀! 삐뽀!」(오토바이가 길을 터달라고 경고음을 요란하게 울리고 차들이 비켜 주자)「애앵! 애앵!」(속도를 낸다.)」

일본 대사관 세단 승용차들이 순화동을 빠져나와 속도를 내면서 안국동 길을 지나 춘천을 향하여 달려간다.

강원도 강촌 유원지 하늘 위에 적십자 마크를 한 다스 도프 헬기와 태극기가 선명하게 그려지고 대한민국 국호가 새겨진 시누 그 헬리콥터가 강원도 춘천을 향해 날아가고 있다.

다스 도프 미군 의료용 대형 헬리콥터 안에는 박세직 대책반장이 워

중공 민항기 북조선 평양 경유 남조선 춘천 미군 비행장 불시착!

싱턴과 마주 보고 앉아 영어로 대화를 나누고 있는데 워싱턴이 말한다.

"박세직 중공 민항기 불시착 해결 대책반장님. 영어를 아주 유창하게 잘하십니다."

"제가 한국 육사 2학년 때 미국 웨스트포인트에 교환학생으로 가서 미국 웨스트포인트에서 졸업했습니다."

"아. 예! 미국 육사를 나오셨군요."

"예. 그런데 총상 입은 통신사와 부항법사의 건강 상태는 어떻습니까?"

"중공 민항기 납치범들이, 승무원들을 죽이려고 권총을 쏜 것이 아니고 순순히 납치범들의 말을 듣지 않아서 겁주려고 쏜 것이니 의료진들이 좋은 한국의 국군통합병원에서 입원 치료를 하면 통신사는 전치 6주, 부항법사는 전치 3주가 걸릴 것 같고 한국의 국군병원에서 수술 후 중공의 병원에 가서 실밥을 뽑기로 하면 입원 기간은 단축될 것입니다."

한국 강원도 춘천 미국 육군 비행장 정문 안 헬리콥터 착륙장에 미국 대사관 행사 병력이 탄 2대의 시누 그 헬리콥터가 사분이 내려와 앉더니 뒷문이 열리자, 의장대원들과 군악대원들, 행사 요원들, 미국 대사와 참사관 직원들이 내린다.

조금 지나자, 대한민국이라 쓰고 태극기가 그려진 시누 그 헬리콥터가 사뿐히 내려앉더니 경호원들이 내려서 경비를 하고, 뒤따라 적십자가 그려진 다스 도프 의료용 헬기가 내려앉고 문이 열리자, 워싱턴과 하나꼬가 먼저 내리더니 바쁘게 앰뷸런스에 타자 곧 떠나고 한국 협상단 공로명, 박희태, 박세직, 정부 요원들이 내린다.

15.

한국 강원도 춘천지방검찰청 조사단 발대식이 꾸려진다

한국 춘천시 춘천지방검찰청 대강당 단상에 「중공 민항기 납치 불시착 사건 긴급 조사단 발대식!」이라 쓰여 있는데 검사복을 입은 30여 명과 교련복을 입은 중국어학과 4학년 대학생 30여 명이 발대 식장에 모여 한참 행사를 진행하고 있는데 춘천지방검찰청, 검찰청장이 훈시를 하고 있다.

"지금 검사 30명과 중국어학과 4학년 대학생 30명으로 중공 민항기 납치 불시착 사건 조사단을 꾸렸습니다. 여러분들은 5월 5일 오늘 밤을 지새워서라도 중공 민항기 탑승객들 전원의 신원조사와 문초를 끝 맞춰야 합니다. 알겠습니까?"

"예!"

검사들과 대학생들이 동시에 대답한다.

"제가 대한민국 검찰청 선서문을 낭독하겠습니다. 여러분들은 오른 손을 펴서 올려 동의한다는 자세를 표시해 주시길 바랍니다. 선서!"

"선서!"

중공 민항기 북조선 평양 경유 남조선 춘천 미군 비행장 불시착!

모두 다 복창하고 오른손 손바닥을 펴서 올린다.

춘천지방검찰청 청장이 선서문을 낭독한다.

"나는 이 순간 국가와 국민의 부름을 받고, 영광스러운 대한민국 검사의 직에 나섭니다. 공익의 대표로써 정의와 인권을 바로 세우고, 범죄로부터 내 이웃과 공동체를 지키라는 막중한 사명을 부여받은 것입니다. 나는 불의의 어둠을 걷어내는 용기 있는 검사, 힘없고 소외된 사람들을 돌보는 따뜻한 검사, 음지에서도 오로지 진실만을 따라가는 공평한 검사, 스스로에게 더 엄격한 바른 검사로서 처음부터 끝까지 혼신의 힘을 다해 국민을 섬기고, 국가에 봉사할 것을 나의 명예를 걸고 굳게 다짐합니다! 여러분들도 동의하면 손을 내리십시오."

모두 숙연한 자세로 손을 내린다.

한국 강원도 춘천 미군 비행장 정문 앞에 자유중국 대사관 세단 승용차 2대가 카 보이 오토바이 5대를 앞세우고

「삐뽀! 삐뽀!」(오토바이가 길을 터달라고 경고음을 요란하게 울리고 차들이 비켜주자)「애앵! 애앵!」(속도를 낸다.)」

자유중국 대사관 세단 승용차들이 춘천 미군 비행장 정문 앞에 도착하자, 미군 위병이 인원만 파악하고 문을 열어 주자, 비행장 안으로 들어간다.

잠시 후 일본 대사관 세단 승용차 2대가 카 보이 오토바이 5대를 앞세우고

「삐뽀! 삐뽀!」(오토바이가 길을 터달라고 경고음을 요란하게 울리

고 차들이 비켜 주자)「애앵! 애앵!」(속도를 낸다.)」

일본 대사관 세단 승용차들이 춘천 미군 비행장 정문 앞에 도착하자, 미군 위병이 인원만 파악하고 문을 열어 주자, 비행장으로 들어간다.

춘천역 앞에서는 중공 민항기의 뒷문을 열어 놓고 납치범 2명이 계단에 걸터앉아 감시도 하고 바깥세상인 춘천역 앞에서 남조선의 어린이날 나들이하며 오가는 상춘객들을 구경하고 있다.

워싱턴과 하나꼬를 태운 앰뷸런스가 쏜살같이 달려와 중공 민항기의 뒷문 앞에 다가와 서자, 납치 공범 오운비가 앞문으로 가라고 손짓하며 중공 말로 지시한다.

"비행기 앞문 쪽으로 가십시오."

앰뷸런스가 중공 민항기 앞문 앞에 가서 서고 미군 운전병이 내리더니 앰뷸런스의 뒷문을 열어 주자, 의사복 차림의 워싱턴이 먼저 내리고 뒤따라 간호사복 차림의 하나꼬가 내리더니 중공 민항기 계단 트랩을 올라가서 앞문 앞에 서자 탁장인이 앞문을 열어 놓고 얼굴을 확인하더니 의사복을 입은 워싱턴과 간호사복을 입은 하나꼬가 맞아 앞문을 활짝 열어젖히자, 워싱턴과 하나꼬가 중공 민항기 안으로 들어가자, 탁장인이 앞문을 덜커덩! 닫아걸어 잠근다.

워싱턴과 하나꼬가 침착하게 그동안의 경과보고를 한다.

"그동안 한국 서울에 있는 국군통합병원까지 갔다가 오느라 이렇게 늦었습니다."

탁장인이 이맛살을 찌푸리면서 말한다.

"예에. 중공 민항기 탑승자 전원이 점심을 굶어서 몹시 배고파합니다."

"나도 몹시 배가 고픕니다. 가만있자. 탑승 인원이 모두 몇 명입니까?"

"그건 나도 모릅니다."

워싱턴이 조종실 문이 파괴되어 누워 열려 있는 문 앞 조종실 쪽을 보면서 말한다.

"조종사님께 가서 인원 파악을 해 오겠습니다."

워싱턴이 파괴된 조종실 문짝을 밟고 조종실 안으로 들어가 보자. 납치범 강홍군이 항법사의 자리에 앉아서, 조종사와 부조종사가 조종실 전망 창 철조망 1m 앞만 쳐다보고 있고, 납치범 강홍군이 조종사와 부조종사에게 번갈아 가면서 총구를 겨누는데, 워싱턴이 조종사에게 가까이 가서 묻는다.

"조종사님. 수고하십니다. 점심 식사를 준비하려고 합니다. 중공 민항기에 탑승한 인원이 모두 몇 명입니까?"

조종사가 앞쪽의 철조망 울타리 앞 민가만 쳐다보면서 말한다.

"후송 간 부항법사와 통신사를 빼면 모두 103명입니다."

"예. 잘 알겠습니다. 중공인들은 무슨 음식을 잘 먹습니까?"

"짜장면은 번거로워서 안 되겠고, 만두를 시켜 주십시오."

"아예. 만두 120명분을 시켜드리겠습니다."

워싱턴이 조종실을 나와 휴게실을 거쳐 문 앞에 서자 탁장인이 앞문을 열어 준다.

중공 민항기 앞문 밑 저만치에 무장한 경비병과 비무장한 지휘관이 열려 있는 앞문을 올려다보고 있는데 워싱턴이 한 발짝 앞에 나와서 서서 영어로 알린다.

"여보세요. 지휘관님. 여기 중공 민항기에 탑승 인원이 103명이 있는데 점심으로 만두 120명분만 시켜 주십시오."

"예. 잘 알겠습니다. 조종사님 식사용으로 김밥 1인분을 하나 더 추가해 시켜드리겠습니다."

지휘관이 무전기로 중국요리집에 만두 120명분과 김밥 1인분 주문 송신을 하고 바삐 간다.

춘천시 명동 중국성. 자유중국인이 운영하는 중화요리집에서 갑자기 주문이 많이 들어와 120명분의 만두를 만드느라 주방이 비좁아 객실까지 침범해 이웃집, 만리장성 사장 자유중국인 요리사까지 지원 나와 야단법석으로 만두를 만들고 조종사 식사용 김밥 1인분을 정성껏 싸서 보온 은박지 봉투에 담아놓는다.

중국성 하얀 모자와 만리장성 푸른 모자가 한데 어우러져 콧노래를 부르면서 즐겁고 바쁘게 만두를 빚고 만두를 찌어내고 있다. 다 찌어진 따끈따끈한 만두는 종이 상자에 담아 작은 비닐봉지에 넣고 여러 개를 큰 비닐봉지에 넣어서 최종적으로 철가방 여러 곳에 담는다.

120명분의 만두를 담은 철가방들과 페트 물병들을 용달차에 다 싣고 중국성 요리사와 만리장성 요리사가 요리사 옷을 그대로 입은 채 용달차를 몰고 떠나간다.

춘천 미국 육군 비행장 정문 앞에 만두를 실은 용달차가 다가가서 서자, 미군 경비병들이 나와서 간단한 점검을 하고 문을 열어 주자 미군 부대 안으로 차를 몰고 들어간다.

「중공 민항기 납치 불시착 임시대책반 상황실」을 만드느라 분주하게 돌아가는데 건물 앞에 자유중국인들이 만든 만두를 실은 용달차가 와서 선다.

본 건물 주차장에는 미국 대사관 세단 승용차 2대, 자유중국 대사관 세단 승용차 2대, 일본 대사관 세단 승용차 2대, 한국 세단 승용차 2대 등이 즐비하게 서 있고 카 보이 오토바이 15대와 KBS 방송차량도 정렬해 서 있는 곳에서 박세직 대책반장이 나와서 만두 배달 용달차를 맞는다.

"대책반장님. 중국 만두 120명분과 조종사 식사용 김밥 1인분 주문한 것 배달 왔습니다."

"예. 한국의 어린이날. 휴일에 대단히 수고가 많습니다. 중공 민항기 납치범 6명이 있는 비행기에 중국 만두가 든 철가방을 기내에 가지고 들어가면 불안해할 줄도 모르니 철가방을 벗기고 만두 든 비닐봉지만 들고 올라가서 중공 민항기 문 앞에까지만 갖다 놓고 내려오십시오. 혹시 중공인들과 얼굴을 마주치면 중국어로 인사말을 깍듯이 해 주십시오. 중공 승객들이 시장하실 텐데 빨리 만두를 갖다 드리 십시오."

"예. 알겠습니다."

자유중국 요리사들이 대답하고 용달차를 운전해 중공 민항기를 향해 달려간다.

탁장인과 워싱턴이 중공 민항기 3등실에 들어와 만두 배식 봉사자에 대해서 의논하더니 탁장인이 말한다.

"만두 배식 봉사는 중공인들은 안 됩니다."

"그러면 외국인들은 만두 배식 봉사를 해도 되겠습니까?"

"예. 됩니다."

"외국인들 손을 들어 주십시오."

일본인 3명과 워싱턴의 사모님 메아리가 손을 든다.

"여보. 이리 나오세요. 일본인 아가씨 3명도 함께 나오세요."

메아리와 일본인 간호사 3명도 함께 나와 선다.

"저까지 외국인 5명이 만두 배식 봉사를 하겠습니다. 자, 그러면 외국인 5명 만두 배식 봉사, 휴게실 앞으로 출발!"

워싱턴이 앞서 나가고 메아리와 일본인 간호사 3명도 뒤따라 나가고 탁장인도 몰고 나간다.

중공 민항기 휴게실 안에 만두 배식 봉사자 5명이 들어오자, 탁장인이 계기사에게 말한다.

"앞문을 활짝 열어라!"

"예!"

계기사가 왼손은 흘러내리는 바지춤을 붙잡고 오른손으로 앞문을 열어 준다.

앞문이 열리자, 탁장인과 워싱턴, 메아리가 여객기 아래를 내려다보고 미군 경비병들이 삼엄하게 경비를 서 있고 만두를 실은 용달차가 와서 서더니 자유중국 요리사 2명이 내려서 먼저 중국성 주방장이 철가방을 나르고 만두가 든 큰 비닐 자루와 페트 물병 자루만 들고 트랩을 올라온다.

탁장인을 보자 중국말로 반갑게 인사한다.

"안녕하십니까? 처음 뵙겠습니다."

탁장인이 중국말을 하자 깜짝 놀라더니 묻는다.

"자유중국 사람입니까?"

"예. 자유중국 사람인데 한국에 나와서 춘천 명동에서 중국성 중화 요리집을 하고 있습니다."

탁장인의 긴장한 얼굴에 혈색이 돌더니 주방장의 몸수색을 먼저 하고 마지막에 봉긋 나온 요리사의 모자를 탁! 치고 모자가 벗겨져 떨어지자 주워 주면서 겸연쩍게 말한다.

"모자가 벗겨지게 건드려서 대단히 미안합니다."

"괜찮습니다. 만두를 정성껏 빚었으니 맛있게 드십시오."

중국성 주방장이 만두가 담긴 큰 비닐봉지와 페트병 뭉치를 놓고 내려간다.

다음으로 만리장성 주방장이 만두가 든 큰 비닐봉지를 가지고 올라와 있는데 탁장인이 말을 걸자, 만리장성 주방장이 인사한다.

"수고하십니다. 자유중국 사람입니까?"

"아예. 처음 뵙겠습니다. 자유중국 사람인데 한국에 나와서 춘천 명동에서 만리장성 중화 요리집을 하고 있습니다."

만리장성 주방장이 만두가 든 큰 비닐봉지와 페트병 뭉치를 놓고 가려는데 탁장인이 검열을 해 보고 모자를 벗겨 써보더니 겸연쩍게 웃으면서 돌려준다.

중공 민항기 1등실 안에는 원로 국무원들과 장성들 12명이 중공 민항기에서 창밖 춘천역을 오가는 상춘객들을 호기심 어린 눈초리로 내려다보는데 워싱턴과 메아리가 만두 자루와 페트병 뭉치를 들고 들어오자 엉거주춤하더니 자기 자리에 찾아가 앉는다.

워싱턴과 메아리가 만두 상자와 페트병을 장군들 한 명에 하나씩 나누어 주면서 말한다.

"시장하실 텐데 만두를 드십시오."

"아, 예."

모두들 만두를 받아 들고 어쩔 줄 몰라 한다.

중공 민항기 2등실 안에는 령관급 참모들과 위관급 장교들, 인민복 차림의 공무원들이 호기심 어린 눈초리로 중공 민항기에서 창밖 춘천역 앞에서 오고 가는 행락객들을 내려다보고 있는데, 일본인 아가씨 3명이 만두 상자와 페트병 뭉치를 들고 들어오자 엉거주춤하더니 자기 자리에 찾아가 앉는다. 일본인 아가씨들이 상냥한 미소를 띠면서 만두 상자와 페트병을 하나씩 나누어 준다.

중공 민항기 3등실 안에서는 많은 탑승객을 오운비와 고동평이 권총을 들고 위협하면서 군기를 잡아 조용한데 워싱턴과 메아리가 만두 자루와 페트병 뭉치를 들고 들어와 오운비와 고동평에게 먼저 나누어 준다.

오운비와 고동평이 서서 페트병을 따서 물을 먼저 마시고 만두를 허겁지겁 맛있게 먹는데 탑승객들이 쳐다보면서 군침을 꼴깍! 꼴깍! 삼킨다.

이때 자유중국 주방장 2명도 만두 자루와 페트병 뭉치를 가지고 들어와 한 명씩 나누어 주기 시작한다.

중국성 주방장이 중국어로 말한다.

"반갑습니다. 처음 뵙겠습니다. 저는 자유중국 사람입니다. 자유중국 만두 맛있게 드십시오."

이때 일본인 아가씨 3명도 만두 자루와 페트병 뭉치를 가지고 들어와 페트병과 만두를 나누어 주자 승객들이 모두 반갑게 받아서 맛있게 먹는다.

중공 민항기 조종실 안에서는 조종사는 페트병 물을 마시면서 김밥을 먹고, 부조종사는 조종실 전망 창 앞 철조망 울타리 1M 앞만 쳐다보면서 페트병 물을 마시면서 만두를 먹고 있는데, 뒤에서는 탁장인과 강홍군, 왕염대가 탁자 위에 페트병과 만두를 올려놓고 기장과 부기장. 항법사라고 써진 컵에 물을 따라서 주거니 받거니 하면서 만두를 맛있게 먹고 있다.

16.

한국 춘천 미군 비행장에 중공 민항기 납치
불시착 임시대책반 상황실이 꾸려진다

한국 춘천 미군 비행장 상황실 현관 앞 명판에 「**중공 민항기 납치 불**
시착 임시대책반 상황실」이라고 쓰여 있다.

상황실 안에서는 한국, 미국, 일본, 자유중국, 각국 대사관 대표들
이 원탁회의를 진행하고 있고 원탁 중앙에 대한민국 태극기, 미국 성
조기, 자유중국 국기, 일본 일장기가 꽂혀 있는데 각국 대표들이 심
각한 표정으로 의자에 앉아서 의논하고 있는데 한국 대표 뒤에는 쌍권
총을 가슴에 찬 저격수 3명이 부동자세로 늠름하게 서 있고 미국 대
표 뒤에는 무장한 경호원들이, 자유중국 대표 뒤에는 사복 차림의 무
관들이, 일본 대표 뒤에는 사복 차림의 무관들이 삥 둘러 에워싸서 서
있다.

무거운 침묵이 감돌자, 중공 민항기 불시착 해결 대책반장을 맡은
박세직이 일어나더니 영어로 말한다.

"자, 이제는 중공 민항기 승객들의 늦은 점심 식사가 끝났으니 대한
민국 협상 대표들이 중공 민항기에 들어가 이번 사건을 지혜롭고 슬기

중공 민항기 북조선 평양 경유 남조선 춘천 미군 비행장 불시착!

롭게 해결하고 마무리 짓고 오겠습니다. 한국 정부의 협상단을 소개하겠습니다. **한국 정부의 협상단 수석대표 외무부 제1차관보 공로명** 씨를 소개하겠습니다."

공로명 차관보가 일어나 인사하고 앉는다.

"다음은 **중공 민항기 납치범들을 인도해서 수사를 맡을 박희태 법무부 출입국 관리국장**님을 소개하겠습니다."

박희태 출입국 관리국장이 일어나 인사하고 앉자, 마지막으로 박세직 해결 대책반장이 인사하고 말한다.

"**중공 민항기 공중 납치 불시착 해결 대책반장은 안기부 차장인 박세직.** 제가 맡았습니다. 감사합니다. (뒤돌아서서 저격수들을 보면서) 저격수 3명, 중공 민항기 앞으로 출발!"

가슴에 쌍권총을 찬 저격수 3명이 늠름한 기세로 절도 있게 출발해 나간다.

이때 중공 민항기 휴게실 벽시계가 오후 4시를 친다.

「땡! 땡! 땡! 땡!」

중공 민항기는 휴게실 문을 활짝 열어 놓았는데 탁장인과 워싱턴이 주차장을 내려다보니 춘천 KBS 방송 차량이 들어와 주차하더니 촬영을 시작한다.

그다음으로 자유중국 국기를 꽂은 대사관 세단 승용차 2대가 5대의 카 보이 오토바이를 앞세워서 경고음을 울리면서 속도를 줄이면서 천천히 들어와 주차한다.

탁장인과 워싱턴이 주차장을 내려다보는데 자유중국 대사관 세단 승용차가 주차장에 정차하자, 탁장인은 쾌재를 부르면서 좋아서 희열에 차 있는 모습인데 워싱턴의 얼굴은 그 반대로 경색되어 불안해서 초조해하고 있다.

이어서 일장기를 꽂은 일본 대사관 세단 승용차 2대가 5대의 카 보이 오토바이를 앞세우고 경고음을 울리면서 속도를 줄이더니 천천히 들어와 주차한다.

이번에는 성조기를 꽂은 미국 대사관 세단 승용차 2대가 미군들이 탄, 등치 큰 카 보이 오토바이 5대를 앞세우고 경고음을 울리면서 속도를 줄이더니 천천히 들어와 주차한다.

중공 민항기 휴게실 문 앞에서 워싱턴과 탁장인이 내려다보는데, 일본 대사관 승용차들과 미국 대사관 차들이 연달아 들어와 주차하자, 워싱턴은 한시름 놓은 표정을 짓는데 탁장인은 얼굴색이 경직되어 불안, 초조해하면서 탁장인이 문을 닫는다.

대한민국 세단 승용차 2대가 중공 민항기 앞에 와서 서고, 앞 차에서 가슴에 쌍권총을 찬 저격수 3명이 내리더니 뒤차가 정차하자, 경호하는데 뒤차에서 박세직. 공로명. 박희태 순으로 내려서 납치기를 올려다본다.

잠시 후 중공 민항기의 앞문이 열리더니 워싱턴이 나와 서서 영어로 말한다.

"한국 협상단 오셨습니까?"

"예."

박세직이 앞문 밑에서 영어로 대답한다.

"올라오십시오."

중공 민항기 북조선 평양 경유 남조선 춘천 미군 비행장 불시착!

"예."

박세직이 영어로 대답한다.

저격수 3명이 앞장서 오르고 뒤따라 협상 대표 3명이 올라가고 맨 뒤에 KBS 촬영 팀이 촬영을 진행하면서 올라간다.

모두 휴게실로 들어가고 앞문이 철커덕! 닫친다.

17.

중공 민항기 납치범들과 대한민국 협상 대표단과 테이블 앞에 마주 보고 앉아 협상이 시작된다

휴게실 가운데에 길고 넓은 협상 테이블이 자리를 차지하고 있고 양쪽에 접이식 의자가 놓여 있다.

납치 주범 탁장인과 부주범 왕염대, 공범 여자 고동평이 협상 테이블 앞에 서 있는데 워싱턴이 저격수 3명을 1등실 앞 복도로 손짓해 들여보낸 다음 협상 테이블 안쪽부터 공로명, 박희태, 박세직 순으로 자리를 잡아 마주 보고 서 있다.

워싱턴이 중립에 서서 납치범들이 중국어로 말하면 영어로 동시통역하면서 사회를 본다.

"자, 이제 협상 테이블에 대한민국 정부 대표단 3명과 중공 민항기 납치범들을 대표해서 3명이 마주 보며 협상 테이블에 모였습니다. 이제부터는 제가 중립에 앉아서 중국어와 영어로 동시통역을 해드리겠습니다. 모두 자리에 앉아 주십시오."

납치범 3명이 먼저 앉자, 한국 협상 대표 3명도 앉는다.

모두 앉자, 워싱턴도 접이식 의자를 가져다 중심에 놓고 앉자, 박세

중공 민항기 북조선 평양 경유 남조선 춘천 미군 비행장 불시착!

직이 일어나서 영어로 말하자, 워싱턴이 중국어로 동시통역한다.

"자, 이제부터는 제가 영어로 말하면 미국인 의사 선생님이 중국어로 동시통역을 해드리겠습니다. 워싱턴 의사 선생님의 프로필 말씀을 듣겠습니다."

"저는 병든 몸을 치료하고 고치는 국경없는의사회 소속 의사이며 연변 조선족 자치구 하얼빈 자선병원에서 의사로 근무하고 있습니다. 저는 중심을 잡고 중립에서 영어와 중국어로 동시통역을 해드릴 뿐이니 양편이 마음속 생각을 허심탄회하게 털어놓고 협상을 시작합시다. 먼저 중공 민항기 납치 주동자의 요구사항을 듣겠습니다."

중공 민항기 납치 주범. 탁장인이 일어나서 말한다.

"중공 민항기 납치 공범 6명은 모두 공무원들이며 꿈 많은 청장년들입니다. 그동안 중화인민공화국에서 공무원으로 성실히 살아오는 동안 비민주적인 전통으로 학벌, 향리, 족벌, 가족, 혈통, 고향의 선후배 관계가 좋지 않고 공무원들이 아무리 실력이 있고 유능해도 공무원들의 줄 세우기 파벌 싸움에 금전적으로 결탁하지 않으면 승진할 수 없으며 선량한 공무원으로 살아 나갈 수 없는 실정이라 미래의 비전도 없는 공산주의 나라가 싫어서 꿈을 마음껏 펼칠 수 있는 자유중국에 정치적 망명을 요구하다가 사정이 여의찮아서 남조선에 왔는데, 남조선의 형제국인 자유중국에 정치적 망명을 지금 보내 줄 것과 자유중국 대사를 지금 면담을 시켜 주실 것을 강력히 요구합니다."

탁장인이 앉자, 박세직 중공 민항기 납치 해결 대책반장이 일어나 말한다.

"중공 민항기 납치 주동자의 요구사항을 잘 들었습니다. 그러나 중공 민항기 납치범 전원이 공무원인 6명은 중화인민공화국과 대한민국 국법을 문란 시키고 중공 민항기를 무기, 권총으로 제압해 강탈했고 이 과정에서 무고한 승무원 2명을 권총을 쏴 중상을 입힌 현행범이라 지금 당장은 자유중국에 보내 줄 수 없으며 자유중국 대사와 면담도 지금 당장은 시켜 줄 수는 없습니다."

탁장인이 일어나 중공 민항기 앞문을 가리키면서 말한다.

"저기 중공 민항기 주차장 앞에 자유중국 대사관 차가 자유의 투사, 반공의 열사인 중공 민항기 납치범 6명 우리들을 태우려고 나와 있지 않습니까? 지금 당장 내려보내 주십시오."

탁장인이 버티고 서 있자, 박세직이 일어나 타이른다.

"누차 반복해서 말하지만 중공 민항기 납치 현행범을 대한민국의 법적 절차도 거치지 않고 자유중국 대사관에 인도할 수는 없습니다. 우리 대한민국 헌법에 따라 정식재판을 받고 국제 항공법에 따라 상응한 형벌을 성실히 살고 나면 그때 가서 정상을 참작하여 자유중국 대사관에 인도할 것입니다."

중공 민항기 휴게실 벽시계가 5시 50분을 넘어간다.

한국 춘천 미군 비행장에서 미국 대사와 함께 미국인들이 모여서 하기식을 진행한다.

한국 춘천 미군 비행장 국기 게양대 앞에 성조기와 부대기, 유엔기, 태극기가 국기 게양대에서 나란히 걸려서 펄럭이고 있다.

성조기 앞에 하기식을 하려고 미군 의장대와 군악대, 미국 대사와 참사관들이 정렬해서 서 있고 훈련을 마친 헬리콥터 조종사들과 미군들과 민간인들이 몰려와 서자 지휘관이 사회를 맡아 하기식을 진행한다.

"춘천 미국 육군 비행장에서 미군 의장대와 군악대. 미국 대사님을 모시고 성조기 앞에서 하기식을 거행하겠습니다. 모두 하던 일을 잠시 멈추고 성조기 앞에 경의를 표해 주시길 바랍니다."

미국 대사와 요직들이 미군과 미국인들이 모두 성조기 앞에 모여 서서 경의를 표하는데 총을 든 군인은 성조기를 향해 경례 총 자세를 취하고 빈 몸으로 모자를 쓴 군인은, 거수경례를 하고 미국인 민간인들은 왼쪽 가슴에 오른 손바닥을 얹어 성조기 앞에서 경의를 표한다.

지휘관이 알린다.

"성조기 앞에서 하기식을 시작하겠습니다. 받들어총."

의장대가 정중앙에 서서 군기를 세우는 자세를 취하고 군악대가 미국 애국가 '성조기여 영원하라.' 서곡을 울리더니 본곡 연주를 시작하자 모두 씩씩하고 장엄하게 합창을 시작한다.

미국 대사와 참사관들과 의장대와 군악대와 행사 요원들이. 미군들과 미국 민간인들이 타국에서 내려오는 성조기 앞에서 성조기여 영원하라는 애국가를 부르면서 고향 생각이 저절로 나 눈시울을 적신다.

시간은 흘러 춘천 미군 비행장 앞 소양강에도 해가 뉘엿뉘엿 저물어 황혼이 지더니 어두워지면서 가로등이 하나, 둘, 셋 켜지기 시작하여 미군 비행장에도 가로등과 서치라이트들이 하나, 둘, 셋 켜지고 대형 시누 그 헬리콥터가 앉고 무장한 건 십 헬리콥터가 뜨고 앉기도 하면서 분주히 돌아간다.

중공 민항기 몸체에 사 방에서 서치라이트를 비추고 중공 민항기 안에서도 불빛이 새어 나와 환하게 비치는데 중공 승객들이 창밖에 춘천 역을 오가는 어린이날 행락객들을 내려다보고 있다.

중공 민항기 휴게실 안 벽시계가 밤 8시 50분을 넘어가고 있는데 탁장인이 서서 초지일관 요구조건을 관철시키려고 초조하게 말한다.

"오랜 시간 동안 줄기차게 중공 민항기 납치범들이 남조선 협상단과 협의하였으나 자유를 찾아 남조선에 온 반공의 투사, 반공의 선봉에 선 의사인 우리들의 요구조건 첫째, 정치적 망명지인 자유중국에 지 금 보내 줄 것과 둘째, 자유중국 대사와 면담을 지금 시켜 주지 않으 면 인질로 잡아놓은 중공 민항기 승객들을 절대로 풀어주지 않겠습니 다. 아시겠어요!"

중공 민항기 납치범들과 대한민국 협상단의 협상이 교착상태에 이 르자, 박세직 협상 대표 반장이 최후의 통첩으로 엄포를 놓는다.

"중공 민항기 납치범들에게 최후의 통첩을 하겠습니다. 자국의 비 행기, 중공 민항기를 나라를 지켜야 할 공무원 6명이 중공 민항기를 납치해 승무원 2명에게 권총을 쏴 중상을 입힌 여객기를 납치한 현행 범, 범법자들인데 관용을 베풀어 정상을 참작해 대한민국의 국내법과 국제 항공 관리법의 공정한 심판을 받고 범죄의 값을 성실히 치르면 여러분들이 그토록 원하고 바라던 자유중국에 보내 준다고 오랜 시간 동안 말했으나 중공 민항기 납치범들이 초지일관 막무가내로 여러분 들의 요구사항만 끝까지 고집한다면 좋은 수가 있습니다."

탁장인을 매섭게 노려보면서 박세직이 말을 이어간다.

"우리 대한민국 협상단은 중공 민항기와 함께 납치범 6명과 중공 민

중공 민항기 북조선 평양 경유 남조선 춘천 미군 비행장 불시착!

항기 탑승객 전원을 중화인민공화국 정부에 다시 되돌려 보내 드리겠습니다. 아시겠어요!"

박세직이 호통을 치면서 말하자, 탁장인과 왕염대, 고동평의 얼굴 혈색이 새파랗게 질린다.

이때 휴게실 벽시계가 밤 9시를 친다.

「땡! 땡! 땡! 땡! 땡! 땡! 땡! 땡! 땡!」

탁장인이 착잡해하면서 말한다.

"안 됩니다. 다시 중화인민공화국에는 절대로 되돌아갈 수는 없습니다."

탁장인이 고뇌 끝에 체념하고 권총 찬 탄띠를 풀어 협상 테이블에 올려놓자, 왕염대와 고동평도 뒤따라서 휴대한 무기와 탄띠를 협상 테이블에 올려놓고 고동평이 말한다.

"탁장인 동무. 3등실에 있는 오운비 동무와 안건위 동무도 데려오 겠습니다."

고동평이 휴게실을 나가자, 탁장인이 조종실 앞에 가서 강홍군에게 말한다.

"강홍군 동무, 무장 해제를 하여라."

"예."

강홍군이 조종사와 부조종사를 겨냥하던 권총을 권총집에 꽂고 조 종실을 나가자, 조종사와 부조종사가 번갈아 뒤돌아보더니 아무도 없 자 안도의 깊은 한숨을

"후유우!"

길게 한숨을 내쉬고

"이제 살았다!"

말하고 기지개를 켠다.

조종사와 부조종사가 조종석에서 한동안 일어나지 못한다.

휴게실에는 대한민국 저격수 3명이 들어와 늠름하게 서 있는데 조종실을 나온 강홍군이 권총 탄띠를 풀어 협상 테이블에 올려놓는다.

협상 테이블에서는 박세직과 워싱턴. 탁장인과 왕염대, 강홍군이 머리를 맞대고 앉아서 협상 합의서를 중국어, 한국어, 영어로 작성하기 시작하자, 고동평이 안건위와 오운비를 데리고 들어오고 안건위와 오운비가 권총 찬 탄띠를 풀어서 테이블 위에 올려놓는다.

안건위와 오운비도 합세하고 동참해 고동평과 함께 서류를 작성하기 시작한다.

중공 민항기 몸체에 사 방에서 서치라이트를 비추고 있는데 중공 민항기 앞문 앞 주차장에「긴급 호송 대한민국 출입국관리소」버스가 들어와 서더니 버스 안에 불을 환하게 켜더니 출입문을 활짝! 열어 놓고 기다린다.

중공 민항기 휴게실 안 협상 테이블 위 구석에는 중공 민항기 납치범들이 찼던 권총 탄띠들과 총알 든 탄창들, 승무원들의 호신용 권총 혁대가, 조종실 승무원들이 지녔던 손도끼와 목봉들이 자진 납부되어 수북이 쌓여 있다.

중공 민항기 납치범 6명 모두가 협상 테이블에 동참해 앉아서 협상 합의서를 돌려가면서 서명 날인과 사인을 하고 손수 지장을 찍어 탁장인에게 주자 탁장인은 6명의 서류를 규합해 워싱턴이 영문과 한문을 대조해 보더니 이상이 없자, 대책반장 박세직에게 전달하고 박세직은 한국 협상단의 한글과 영어와 한문으로 써진 합의서 최종 서류를 교환한다.

박세직이 최종 검토를 하고 합의 사항을 읽어 내려간다.

"자, 이제는 마지막으로 대한민국 정부와 중공 민항기 납치범들과 장장 5시간 동안 협상한 최종 합의서 사항을 발표하겠습니다. 중공 민항기 납치범들과 대한민국 협상단과의 최종 합의 결정서. 대한민국 정부는 중공 민항기 공중 납치 사건이 여러 나라와 선린 우호 관계를 깨트릴 수 있어서 지혜롭고 슬기롭게 해결하기 위해 납치범들과 많은 시간 동안 의논한 결과 서로가 양보하여 원만하게 합의 사항을 도출하여 이 합의 사항을 작성하였습니다. 제1항 중공 민항기 납치범 6명은 대한민국 헌법을 준수한다. 제2항 국제 항공 관리법에 따라 공정한 정식재판을 받고 형벌을 받으며 대한민국 교도소에서 수형생활을 하며 모범적인 수형생활을 하면 그때 가서 형을 감면해 한국 교도소를 퇴소하는 즉시, 그토록 정치적 망명을 요청한 나라 자유중국 대사관에 신변을 안전하게 인도해 가기를 요청합니다. 제3항 중공 민항기를 공중에서 무력으로 납치하다가 범인들이 총을 쏴 중상을 입힌 통신사와 부항법사는 대한민국 국군통합병원에 입원시켰는데 완쾌되면 홍콩 나라를 거쳐 중공 땅에 갈 수 있도록 대한민국 정부가 편의를 도모하겠습니다. 제4항 중공 민항기에서 내리는 순서는 첫 번째 중공 민항기 납치범 6명이며 중공 민항기에서 내리면 대한민국 법무부 긴급 호송버스에 인계되어 오늘 밤은 늦어서 춘천의 어느 호텔에서 하룻밤을 묵고 내일 날이 밝는 대로 춘천에서 서울로 가, 서울 성동구 구치소에 수감 하기로 하였습니다. 두 번째로 중공 민항기에 미국인 의사 부부 2명이 탑승했는데 미국 대사관 세단 승용차가 와 있으니 내리는 즉시 미국 대사관 승용차에 인계될 것입니다. 세 번째로 일본인 간호사 아가씨 3명이 탑승했는데 내리는 즉시 일본 대사관 세단 승용차에 인계될 것입니다. 네 번째로 중화인민공화국과 적국인 대한민국까지 중공 민항기가 공중 납치되어 어려운 고비 고비마다 지혜롭고 슬기롭게 중공 민항기를 잘 조종해 대한민국의 춘천 미군 비행장까지 무사히 안착시켜서 심신이 몹시 피곤할 조종사와 부조종사, 그다음 원로 정치인, 경제인, 장성들이 많이 탄 1등실, 작전 참모들이 많이 탄 2등실, 3등실 순서로 중공 민항기에서 내리시겠습니다. 기타. 다른 사항은 탑승객들이 저녁을 못 먹어 시장하실 텐데 생략하겠습니다. 대한민국의 협상을 맡은 관료는 다음과 같습니다. **중공 민항기 납치 협상 수석대표 외무부 차관보 공로명, 법무부 출입국 관리국장 박희태, 중공 민항기 불시착 해결 대책반장 안기부 차장 박세직 이상 3명입니다.** 중공 민항기를 권총으로 위협해서 공중 납치해 통신사와 부항법사를 총을 쏴 중상을 입힌 납치범 6명은 1983년 1월부터 5월 2일까지 주동자 탁장인의 집에 모여 중공 탈출을 역적모의했고 심양시 보위부 사격장에 모여서 권총 사격 실력을 쌓았다고 합니다. 중공 민항기 납치범 6명의 개개인의 관등 성명 인적 사항은 다음과 같습니다."

박세직이 읽어 내려가다가 탁장인을 향하여 묻는다.

"중공 민항기 납치범 6명 모두가 공무원입니까?"

"예. 6명 모두가 공무원들이고 근무지는 심양시 보위처 보위원이 3명, 요령성 물자국이 3명입니다."

"예. 잘 알겠습니다. 지금부터는 대한민국 국영방송 KBS 중앙방송국 녹화 팀이 근거를 남기기 위해 촬영하고 있으니 주동자, 부주동자 연장자순으로 일어나서 정면을 똑바로 보고 관등성명, 나이, 공무원들의 근무지를 복창하고 앉아 주십시오."

첫 번째로 탁장인이 일어나 부동자세로 서서 말한다.

"중공 민항기 납치 주동자 탁장인. 나이는 36세 중공 요령성 물자국 설비공사 차량 계획원입니다."

탁장인이 앉자. 2번째로 강홍군이 일어나 서서 말한다.

"중공 민항기 납치 행동대장 저격수 강홍군. 나이 23세 중공 심양시 체육학원 보위처 저격수 보위원입니다."

강홍군이 앉자. 3번째로 오운비가 일어나 서서 말한다.

"중공 민항기 납치 부주범 오운비. 나이 33세 중공 요령성 물자국 물자 구매업자입니다."

오운비가 앉자. 4번째로 왕염대가 일어나 서서 말한다.

"중공 민항기 납치 공범 왕염대. 나이 27세 중공 심양시 체육학원 보위처 보위원입니다."

왕염대가 앉자. 5번째로 안건위가 일어나 서서 말한다.

"중공 민항기 납치 공범 안건위. 나이 22세 중공 심양시 체육학원 보위처 부사수 보위원입니다."

안건위가 앉자. 6번째로 여자 고동평이 일어나 서서 말한다.

"중공 민항기 납치 공범 고동평. 나이 28세 중공 요령성 물자국 기

전 공사 통계원입니다."

납치 공범 6명이 성명, 나이 근무지 등을 육성으로 통성명이 끝나고 고동평이 앉자 박세직이 일어나 말을 이어간다.

"이상 중공 민항기 공중 납치범 6명과 대한민국 정부 대표로 전임받은 비상 대책반 반장 박세직이 장장 5시간에 걸친 끈질긴 설득과 협상 끝에 중공 민항기 납치 사건이 원만하게 처리되었으므로 협상 합의서를 만들어 제출합니다. **중공 민항기 공중 납치 불시착 해결 대책반 반장 안기부 차장 박세직.**"

박세직이 협상 합의서를 테이블에 내려놓고 성명 날인하고 싸인을 하고 왼쪽으로 박희태에게 넘겨주고 앉자, 박희태가 일어나 정중하게 통성명을 진행한다.

"대한민국 법무부 출입국 관리국장 박희태입니다."

박희태가 협상 합의서를 테이블에 내려놓고 성명 날인하고 왼쪽으로 공로명에게 넘겨주고 앉아, 공로명이 일어나 정중하게 통성명을 진행한다.

"중공 민항기 납치 협상 수석대표를 맡은 대한민국 외무부 차관보 공로명입니다."

공로명이 협상 합의서를 테이블에 내려놓고 성명 날인하더니 다시 박세직에게 최종적으로 넘겨주고 앉아, 합의서를 받아 든 박세직이 합의서를 테이블에 내려놓고 일어나 말한다.

"이상으로 중공 민항기 공중 납치 사건을 원만하게 끝마쳤습니다. 대한민국 정부를 대표한 협상단 3명과 중공 민항기 납치범 6명이 모두 일어나 악수를 교환하겠습니다."

협상 테이블 가운데 대한민국 대표 3명이 손을 뻗고 납치범 6명이 손을 뻗어 서로 교차해 돌아가면서 악수를 진행하고 앉는다.

박세직이 통역사 미국인 의사 워싱턴을 보면서 말한다.

"이번에는 영어와 중국어로 통역의 중책을 맡아 사회를 보느라 애쓰신 미국인 의사 선생님이 납치범 6명에게 당부의 말씀을 전하겠습니다."

워싱턴이 일어나서 중국어로 말한다.

"6명의 중공 민항기 납치범들이 대한민국 교도소에 가서 성실히 형기를 무사히 마치고, 자유중국에 망명해 가서 보상금을 받고 자유중국 국민이 되어서 잘살게 되면 또 사고 치지 말고 행복하고 보람되게 잘 살아야 합니다. 알겠습니까?"

"예. 예. 예. 예. 예. 예."

6명이 가냘프게 동시에 대답하고 눈빛을 번득이더니 고개를 끄덕인다.

워싱턴이 일어나 중공 민항기 납치범들을 찾아가서 일일이 악수하고 두 손으로 감싸주고는 등을 토닥여 준다.

워싱턴이 악수를 맞히고 자리에 앉자, 박세직이 저격수 3명을 부른다.

"대한민국 국군 저격수 3명. 모두 나와서 중공 민항기 납치범 6명을 포승줄로 단단히 결박하라."

"예. 예. 예."

복도에서 저격수 3명이 동시에 대답한다.

복도에서 휴게실에 쌍권총을 찬 늠름한 저격수 3명이 절도 있게 나와서 포승줄을 꺼내 탁장인부터 결박하는데, 순순히 손을 내밀어 주자 저격수가 손목을 엮어 놓고 강홍군에게 가자, 강홍군도 순순히 손을 내밀자 엮어 놓는데 모두 손을 내밀자, 오운비, 왕염대, 안건위, 고동평 순으로 다 엮어 놓고, 저격수 1이 맨 앞 탁장인의 왼쪽 옆구리 포승줄을 오른손으로 붙잡고, 저격수 2가 왕염대의 왼쪽 옆구리 포승줄을 오른손으로 붙잡고, 저격수 3은 마지막으로 고동평의 옆구리 포승줄을 붙잡아 끌어당겨 신호를 보내고, 저격수 1이 포승줄을 끌어당겨 출발 신호를 보내고 말한다.

"자, 이제는 모두 중공 민항기 앞문을 출발해 트랩을 내려갑시다."

모두 뒤따라 출발해 앞문 쪽으로 향해 가서 계기사가 앞문을 열어 주고 중공 민항기 트랩을 내려가는데 조명 차 여러 대가 와서 중공 민항기 주변을 대낮같이 서치라이트를 환하게 비추는데 저격수들이 납치범들을 인도해 트랩을 내려가서 자유중국 세단 승용차 앞으로 지나가면서 중공 민항기 납치범 6명이 주춤하더니 멈추어 서서 플래카드에 중국어로 써진 내용을 읽어 본다.

중공 민항기 트랩 밑 주차장에는 자유중국 국기를 단 세단 승용차 2대가 불을 밝히고 문을 활짝 열어 놓고 있는데 자유중국 대사관 직원들이 플래카드를 들고 웅성거리면서 불만족스러운 마음을 실토하고 있다.

현수막에 중공 민항기 납치범 해결 방법에 불만족스러운 내용이 한문으로 쓰여 있다.

「자유중국에 정치적 망명을 요구하는 중공 민항기 납치범 6명. 반공의 투사, 자유를 찾아온 영웅들을 자유중국 혈맹국인 대한민국이 죄인

취급해 포승줄로 엮어서 교도소로 데려가다니 이런 법이 어디 있나? 자유중국 대사관에 중공 민항기 납치범 6명을 지금 즉시 인계하라!」

이렇게 쓰여 있는데 자유중국 대사관 직원들이 거칠게 구호를 외치면서 핏대를 올려 항의하고 자유중국 대사관 직원들이 납치범 6명을 엮은 포승줄을 잡아 끌어당겨 자유중국 세단 승용차에 끌고 가려고 하자 무장한 미군들이 합세해 뜯어말린다.

포승줄을 끌고 가던 저격수들이 주춤해 다시 멈추면서 탁장인이 말한다.

"자유중국 대사관 동무 여러분. 대단히 감사합니다. 다음에 형무소에서 형기를 무사히 마치면 그때 자유중국 대사관에 가서 찾아뵙겠습니다. 감사합니다."

탁장인이 자유중국 참사관과 인사가 끝나고 인솔자 저격수가 포승줄을 다시 끌고 가더니 엔진을 켜고 시동을 걸고 문을 활짝 열어 놓고 대기해 있는 대한민국 출입국 관리국 긴급 호송버스에 저격수 3명과 납치 공범 6명이 다 타자 곧 떠나간다.

중공 민항기 휴게실 안 테이블에 납치 공범들이 지녔던 총들과 무기들, 승무원들에게 갈취해 찾던 호신용 권총들, 조종실에 있었던 목봉과 손도끼까지 합쳐서 쌓여 있는데 특히 납치범들이 사용하고 남은 총알 53발이 눈에 들어온다.

계기사와 항법사가 휴게실에 들어와 빼앗겼던 자기 혁대를 매고 자기 총과 탄띠를 찾아 매고 안전 무장을 하더니 휴게실 문을 나와 트랩을 바쁘게 내려간다.

중공 민항기 트랩 밑 주차장에 그레이하운드 개가 그려진 그레이하운드 고속버스 4대가 몸체에 「중공 귀빈 여러분! 대한민국에 찾아오신 것을 진심으로 환영합니다. 춘천 세종호텔 임직원 일동」이라 한문과 한글로 써진 플래카드를 붙이고 들어와서 정렬해 선다.

트랩 밑에는 계기사와 항법사와 그리고 스튜어디스들 정매, 이하, 강영민 3명이 대열로 선다.

중공 민항기 휴게실 안에서는 박세직이 마이크 선을 끊고 들어와 영어로 말하는데 워싱턴이 동시통역을 한다.

"중공 민항기 탑승객 여러분. 처음 뵙게 되어서 대단히 반갑습니다. 여행하는 동안 무장한 납치범들의 위협적인 공포 속에서도 침착하게 잘 견디어 내주시고 잘 협조해 주셔서 대단히 고맙습니다. 지금부터는 여행객들이 꼭 지켜야 할 사항에 대해서 말씀드리겠습니다."

중공 민항기 3등실 안 TV 화면에 박세직이 영어로 말하고 워싱턴이 중국어로 동시통역하는 모습이 보인다.

"3등실 탑승객 중에는 미국인 의사 부부 2명과 일본인 간호사 아가씨 3명이 있어서 미국 대사관과 일본 대사관에서 세단 승용차로 모시러 나와 있으니, 미국인들과 일본인들은 휴게실 앞문으로 나와 주십시오."

중공 민항기 1등실 안 TV 화면에서도 똑같이 나온다.

"다음은 조종사와 부조종사, 1등실, 원로 정치인, 경제인, 군장성들 순서로 내리시고."

중공 민항기 2등실 안 TV 화면에서도 똑같이 보인다.
"다음은 작전 참모들이 많이 탄 2등실 순서로 내리시고."

중공 민항기 3등실 안 TV에서도 화면이 똑같이 보인다.
"마지막으로 3등실 순서로 내리시겠습니다. 끝으로 당부드릴 말이
있어서 알려 드립니다. 춘천 미군 비행장은 활주로가 짧아서 중공 민
항기가 다시 이륙하려면 몸무게를 줄여야 하므로 비행기의 의자와 선
반 냉장고 등도 뜯어내야 하니 승객들이 휴대한 물건들은 꼭 챙겨 가
시길 바랍니다. 이 중공 민항기는 서울 김포국제공항에 다시 착륙시
켜 원상복구 시키려면 많은 시일이 걸려서 여러분들을 중공 고국 땅
에 귀국하실 때는 부득이 대한민국 국적기 대한항공을 제공해 한국
과 총영사 관계가 체결된 제3국 홍콩 나라 국제공항에 내려드릴 계획
입니다. 여러분들이 가실 심양이나 상하이로 가시려면 영국령 홍콩에
서 갈아타시길 바랍니다. 중공 심양이나 상하이는 서울에서 비행기로
가면 2시간밖에 걸리지 않지만 대한민국과 중화인민공화국과는 국교
가 맺어지지 않은 적성국이라 대한민국 국적기는 중공 땅 심양이나 상
하이는 직항으로 아직 못 갑니다. 빨리 대한민국과 중화인민공화국과
국교가 체결되어 자유롭게 오갈 수 있는 날이 속히 오기를 바랍니다.
중공 민항기 탑승 귀빈들을 고향 땅에 직항으로 모셔다드리지 못해서
대단히 미안하게 생각합니다."

이때 공로명 외무부 차관보가 박세직에게 다가와서 귓속말로 전하여 주자 박세직이 알린다.

"지금 방금 중화인민공화국 베이징에서 영국령 홍콩 나라 한국 총영사관을 통해 기쁜 소식이 타전 되어왔습니다. 중공 민항기 납치 사건을 원만하게 처리하려고 조만간 중공 협상 대표를 대한민국에 보내겠다고 영국령 홍콩 정부를 통해 대한민국 정부에 연락이 왔습니다. 중화인민공화국과 대한민국 정부가 협상하는 동안 중공 민항기 탑승 귀빈들을 6.25 한국전쟁으로 폐허가 된 속에서 현재는 대한민국이 어떻게 잘살고 발전하고 있는지를 중공 귀빈들에게 보여 드리기 위해 내일부터는 서울 워커힐호텔로 숙소를 옮겨 서울 구경을 시작으로 각 지방에 분포해 있는 산업체 견학을 실시 할 예정입니다. 듣자니 중공 민항기 1등실에 6.25 한국전쟁에 참전해 경북 외관에서 포로가 되어 한국전쟁 말기에 거제도 수용소 포로 석방 때 자유의 몸이 되어 중공 고향 땅에 다시 찾아가 공부에 매진하여 정치인 경제인이 되고 군 장성이 된 승객들이 다수 있다고 들었습니다. 오늘 밤은 늦어서 천상 강원도 춘천 세종호텔에서 자야 할 것 같습니다. 중공 민항기에서 내리시면 춘천 세종호텔로 중공 귀빈들을 모시고 갈 그레이하운드 30인승 고속버스 4대가 와 있으니 1대에 25명씩 짐을 갖고 승차해 주시길 바랍니다. 춘천 세종호텔에 도착하면 한의사와 양의사가 대기하고 있으니 몸이 불편하신 분이 계시면 찾아갈 테니 미리 말씀해 주십시오. 세종호텔에 도착하면 대식당에 저녁 만찬이 준비되어 있습니다. 식사가 끝나면 내일 서울 여행을 위해 곧 잠자리에 들어가야 할 것 같습니다. 내일 아침 식사가 끝나면 8시에 그레이하운드 고속버스를 다시 타고 서울 워커힐호텔을 향해 출발하겠습니다. 그러면 이제 미국인 의사 부부, 일본인 간호사 아가씨 3명, 1등실, 2등실, 3등실 순으로 내리시겠습니다. 대단히 감사합니다.”

3등실 일본인 간호사 3명과 워싱턴의 부인 메아리가 핸드백과 트렁크. 소지품을 챙겨 들고 통로에 나와 서더니 메아리가 인사말을 한다.
“중공 민항기 승객님들 기왕에 남조선에 찾아왔으니 발전된 남조선 관광 많이 하시고 좋은 추억 많이 가지고 돌아가십시오.”
하나꼬도 인사말을 한다.
“한국 여러 곳을 구경 많이 하시고 무사히 중공에 돌아가셔서 중공 심양에서 다시 뵈어요.”
「짝! 짝! 짝! 짝! 짝!」
중공 승객들이 박수 쳐 준다.
일본인 3명과 미국인 메아리가 3등실을 나가고 중공 귀빈들이 내리려고 짐을 챙기기 시작한다.
3등실 벽시계가 땡! 치고 밤 9시 30분을 알린다.

워싱턴과 메아리. 일본 간호사 3명이 트랩을 내려와 줄지어 서 있는 승무원들의 인사를 받고 워싱턴과 일본 간호사 아가씨들과 인사를 나누고 악수하고 말한다.
“간호사 아가씨들 중공 연변에 가서 다시 뵈어요.”
“예. 우리 중공 연변에 가서 다시 만나요.”
일본 간호사 아가씨들이 주차장에 대기하고 있는 일본 대사관 세단 승용차에 가더니 일본 대사관 직원들의 안내를 받으면서 트렁크를 두 대의 세단 승용차에 나누어 실어 놓고 간호사들이 타자 5대의 카 보이 오토바이를 앞세우고 경고음을 울리면서 속도를 높이면서 떠나간다.

「삐뽀! 삐뽀! (오토바이가 길을 터달라고 경고음을 요란하게 울리고 차들이 비켜 주자)」「애앵! 애앵! (속도를 낸다.)」

워싱턴과 메아리가 미국 대사관 세단 승용차에 타자 곧 떠나는데 자유중국 대사관에 지원 나왔던 5대의 카 보이 오토바이가 초행길인 서울의 미국 대사관 관저까지 길 안내를 해간다.

「삐뽀! 삐뽀! (오토바이가 길을 터달라고 경고음을 요란하게 울리고 차들이 비켜 주자)」「애앵! 애앵! (속도를 낸다.)」

주차장에는 중공 승객들을 태울 그레이하운드 고속버스가 문을 활짝! 열어 놓고 기다리고 있는데 1등실 원로 정치인, 군장성 등 12명이 정모를 쓰고 격식을 갖추고 트랩을 내려오는데 2등실 육군, 해군, 공군 참모들이 여행용 트렁크들을 끌어주고 거들어 주면서 주차장까지 내려온다.

고속버스 4대가 주차해 있는데 1호차에 12명의 1등실 원로들이 타고 2등실 일부 참모들 13명이 함께 타고 남은 참모들과 장교들은 2호차에 타고 남은 좌석은 조종사와 부조종사, 승무원 2명과 스튜어디스 3명이 타고 그래도 25명이 안 차자 일부 3등실 승객들을 태우고 3호차, 4호차는 전원 3등실 승객들로 모두 채워서 탄다.

4대의 고속버스에 모두 다 타자 비행장 정문을 향해 달려간다.

중공 민항기 북조선 평양 경유 남조선 춘천 미군 비행장 불시착!

춘천 미군 비행장 정문 앞에 고속버스 4대가 와서 주춤하고 서자 경비병이 인원 점검을 하고 정문을 열어 주자 줄줄이 정문을 통과해 나간다.

　중공 귀빈들을 태운 고속버스 4대가 불야성을 이룬 춘천의 번화가 명동의 밤거리를 서서히 달리고 있다.
　버스 안 중공 귀빈들이 딴 세상에 온 듯 눈이 휘둥그레지면서 차창 밖을 두리번거리면서 신기한 듯 내다보고 있다.

18.

중공 귀빈들이
춘천 세종호텔에서 첫날밤을 보낸다

　춘천 세종호텔 정문 앞에 중공 귀빈들을 태운 고속버스 4대가 1호
차부터 진입해 들어가 현관 앞에 멈춰서더니 내리는데 원로들의 트렁
크를 참모들이 거들어 주면서 내리자, 호텔 직원들이 받아서 끌고 호
텔 로비로 들어간다.

　1호차가 현관을 떠나자 2호차가 현관 앞에 서고 다음 3호차, 4호
차 순으로 현관 앞에 서서 승무원들과 승객들이 내리더니 호텔 로비로
들어간다.

　춘천 세종호텔 대식당 만찬장에 샹들리에 등이 휘영청 찬란하게 내
려 비치는 가운데 만찬장 테이블에는 신선로 위에 중국 음식들이 끓고
있고 진수성찬으로 한가득 차려져 있다.

　중공 귀빈들이 세종호텔 직원들의 극진한 대우를 받으면서 원로들부
터 만찬장에 들어오고 뒤따라 참모들이 트렁크를 끌고 들어오고 직원
들이 창 벽 쪽에 1번, 2번, 3번, 번호순으로 나란히 줄 세워놓는다.

　　중공 민항기 북조선 평양 경유 남조선 춘천 미군 비행장 불시착!

원로들이 의자에 앉으려 하자 직원들이 의자를 꺼내 앉혀드린다.

백여 명의 중공 귀빈들이 만찬장에 들어와 모두 앉자, 세종호텔 사장과 통역관으로 나온 서울 외국어대학교 중국어학과 맹주억(50세) 교수가 나와서 환하게 웃으면서 유창한 중국어로 인사말을 한다.

"중화인민공화국 귀빈 여러분, 처음 뵙겠습니다. (인사한다.) 저는 여러분들의 통역을 맡은 서울 외국어대학교 중국어학과 맹주억 교수입니다. 오늘 밤은 늦어서 춘천 이곳 세종호텔에서 하룻밤을 자야 할 것 같습니다. 내일 아침 식사를 마치면 오전 8시에 여러분이 타고 오신 고속버스 편으로 서울 워커힐호텔로 숙소를 옮겨서 서울 구경을 시켜드리려고 합니다. 그리고 고속버스 4대가 있는데 모두 한국어 안내양이 있지만 중국어 안내원이 없어서 제가 1호차 통역을 맡고 2, 3, 4호차는 중공 조선족들에게 통역을 맡기려고 합니다. 혹시 이곳에 조선족들이 계시면 손을 들고 일어나 주십시오."

맨 앞 테이블에서 원로들의 시중을 들고 있던 권민중(37세) 참모가 손을 들고 일어나고, 중간 테이블에서 박애자(30세)와 아들 왕호걸(6세)이 일어나고, 리우진(25세) 해군 수병이 나란히 손을 들고 일어나자, 맹주억 교수가 권민중에게 묻는다.

"중령님의 이름이 무엇입니까?"

"권민중 중령입니다."

"권민중 중령님은 고속버스 2호차 통역을 맡아주십시오."

"예."

왕호걸과 함께 선 박애자에게 맹주억 교수가 묻는다.

"사모님의 이름이 무엇입니까?"

"박애자입니다."

"박애자 사모님은 고속버스 3호차 통역을 맡아 주십시오."

"예."

"젊은 해군 수병은 이름이 무엇입니까?"

"리우진 하사입니다."

"리우진 하사는 고속버스 4호차 통역을 맡아주십시오."

"예."

"조선족 동포 여러분 반갑습니다. 이제 자리에 앉아 주십시오."

조선족 4명이 앉자, 맹주억 교수가 춘천 세종호텔 사장을 소개한다.

"이제 중공 귀빈들이 하룻밤 묵어갈 춘천 세종호텔 사장님을 소개해 드리겠습니다."

맹주억 옆에 있던 세종호텔 사장이 공손히 인사하고 말하자 동시통역을 한다.

"중공 귀빈 여러분 처음 뵙게 되어서 반갑습니다. 이곳 한국 춘천에 오시느라 대단히 수고가 많았습니다. 먼저 호텔에 들어오시면 객실 호실 번호 배치부터 해드리는 것이 순서지만 백여 명의 귀빈들을 방 배치하려면 시간이 많이 소모되어 우선 만찬회부터 실시하기로 하였습니다. 우리말에 금강산도 식후경이라는 말이 있습니다. 귀빈들이 식사가 끝나면 여러분의 여행용 트렁크와 짐들은 여객기 좌석번호 순으로 호실을 배정해서 짐이 가 있을 것이니 오늘 밤은 그곳에서 휴식을 취하다가 주무시길 바랍니다. 내일 아침 8시에는 서울 워커힐호텔로 그레이하운드 고속버스를 타고 숙소를 옮기기로 예정되어 있으니 내일 아침 식사는 7시 30분까지 식사를 마치셔야 합니다. 지금 만찬장에 차린 것은 별것 없습니다. 예기치 않게 귀한 중공 손님들이 찾아오셔서 정성껏 음식들을 만들었으니 시장하실 텐데 많이 드십시오. 대단히 감사합니다."

세종호텔 사장의 인사가 끝나자 초대받은 중공 민항기 손님들이 늦은 저녁 식사를 시작하고 왁자지껄 식사가 무르익어 가는데 세종호텔 직원들이 중공 민항기 승객들의 트렁크와 짐들을 옮겨가기 시작한다.

식사는 화기애애한 가운데 끝나고 한 명, 두 명 이를 쑤시면서 일어나 식당을 나가기 시작한다.

춘천 세종호텔 복도에서는 20여 명의 직원들이 양쪽 객실 문을 활짝 열어 놓고 중공 손님들의 트렁크와 물건들을 객실 안으로 들여놓고 문패에 여객기 탑승 번호순으로 붙여 놓는다.

직원들이 객실들을 정리해 놓고 모두 **빠져나가자**, 호텔 복도는 다시 조용해지는데 조금 있자 왁자지껄 조선말과 중공 말소리가 뒤섞여 점점 가까이 들려오는데 박애자가 리우진에게 말한다.

"여기가 어디야? 딴 세상이구만. 내가 북조선에 살다가 중공 한족에게 시집가 조선족이 되었는데 북조선에서 교육받기는 남조선에서는 헐벗고 굶주려 굶어 죽는 사람들이 거리마다 득실 득실거린다고 배웠는데 지금 남조선이 이렇게 잘살 줄이야 미처 몰랐네. 내가 꿈꾸었던 좋은 세상에 온 것 같구나."

중공 손님들이 이빨을 쑤시며 복도에서 우왕좌왕 서성거리면서 모두 자기 객실을 찾아 들어가자, 복도가 다시 조용해진다.

리우진이 객실에서 복도에 나와 박애자의 객실 앞에서 노크하자, 박애자가 아들 왕호걸을 앞세우고 문을 열고 맞이한다.

리우진이 객실로 들어오자, 문이 자동으로 닫힌다.

호텔 객실 안 컬러 TV에서는 KBS 스튜디오에서 「중공 민항기가 공중 납치되어 한국 춘천 미군 비행장에 불시착했다.」는 제목으로 긴급 좌담회를 마치면서 중공 화교 출신 주현미 양에게 중공 어로 소양강 처녀 노래를 사회자가 신청한다.

"중화인민공화국과 대한민국이 머지않은 장래에는 서로 외교 관계를 맺고 서로 교류가 이루어지기를 바라면서 이번 좌담회를 끝마치면서 사회자가 중공 산동성 모편현이 고향이고 중공 이름은 저우 쉬엔 매이인 한국의 인기가수 한국 이름은 주현미 양에게 중공 어로 소양강 처녀 노래를 신청해 듣겠습니다. 주현미 가수, 무대로 나와주십시오."

주현미가 화려한 의상을 입고 수줍어하면서 좌담회장에 등장해 말한다.

"제가 한국명 주현미 가수입니다. 소양강 처녀를 중공어로 불러드리겠습니다."

전주곡이 끝나고 '소양강 처녀'를 부른다.

TV에서는 노래가 흘러나오는데 박애자와 리우진, 왕호걸의 대화가 시작되는데 박애자의 목소리가 들려온다.

"남조선에는 TV도 영화같이 총 천연색깔로 나와요?"

리우진이 대답한다.

"나도 총 천연색깔 TV는 처음 봅니다."

"우리 중공 심양 백화점에도 색깔 TV가 없습니다. 나도 남조선에 와서 총 천연색깔 TV를 처음 봅니다. 꼭 극장에서 영화 보는 것 같습니다."

"엄마, 여기가 어디 야요?"

"남조선 춘천 세종호텔이란다."

"그러면 북조선보다 못산다던 원수의 나라 남조선이 야요?"

왕호걸이 놀래면서 울먹이며 무서워하자, 박애자가 당돌한 아들의 말에 눈이 휘둥그레지더니 정정해서 말한다.

"남조선이 못사는 게 아니고 남조선은 북조선의 적국이란다."

왕호걸이 입술을 삐쭉거리면서 말한다.

"엄마, 그러면 우리는 앞으로 어떻게 되는 거예요? 비행기 납치범들처럼 잡혀가는 거예요?"

"아니야!"

"그러면 우리는 중공 땅 심양 고향에 못 가는 거예요?"

"엄마도 잘 모르겠다. 앞으로 어떻게 될지는 기다려 보자꾸나. 호걸아. 남조선에 와서 처음 보는 컬러 TV 방송을 좀 보자꾸나."

"엄마, 그래요. 컬러 TV를 봐요."

KBS TV에서는 주현미의 노래가 끝나고 시계가 12시를 알린다.

「삐! 삐! 삐! (밤 12시 시보 소리)」

밤 12시 시보가 울리고 아나운서가 TV에 나와 뉴스를 시작한다.

「땡! 전두환 대통령 부부는 어제 1983년 5월 5일 어린이날을 맞아 청와대에서 전국에서 모범 어린이들 300여 명을 초청해 야외무대에서 어린이날 행사를 진행하던 중에 중공 민항기가 한국 춘천 미군 비행장에 불시착했다는 소식을 듣고 청와대 지하 벙커에 피신해 긴급히 국무 위원 회의를 소집하여 중공 민항기 납치 사건을 친절하고 원활하게 진행하라고 국무위원들에게 지시했다고 합니다. 지금 중공 민항기 납치범들은 법무부 긴급호송차에 실려 춘천 어느 호텔로 이송해 있으며 오늘 아침 식사가 끝나면 춘천에서 서울로 출발하여 서울시 성동구 구치소에 수감 시킬 예정입니다.」

춘천 세종호텔 주차장 주변에 세종호텔 사장과 비서가 나와서 밤이 깊어 가는데 아직도 환하게 불이 켜져 있는 호텔 객실을 바라보면서 이야기한다.

"사장님, 지금 1시가 지났는데도 중공 귀빈들의 객실에 불이 꺼지지 않네요."

"오늘 서울 구경을 가려면 빨리 잠자리에 들어가야 할 텐데."

"사장님. 중공 귀빈들이 서울 워커힐호텔 유흥가, 위락시설에 가서, 자 봐라, 봐라, 댄서 아가씨들이 춤추는 캉캉 춤도 봐야 할 텐데, 아직도 잠을 안 자네요."

"우리도 자야지. 빨리 들어가자."

세종호텔 사장과 비서가 호텔 현관으로 들어가자 잠시 후 주차장에 주유와 정비를 마친 그레이하운드 고속버스 4대가 차례로 들어와 질서 있게 주차해 섰는데 고속버스 옆면에 「중공 민항기를 타고 오신 귀빈 여러분! 대한민국에 오신 것을 진심으로 환영합니다. 서울 워커힐호텔 임직원 일동」이라고 한문과 한글로 쓰여 있다.

5월 6일 아침이 되자 일찍 아침 식사를 마친 중공 귀빈들이 호텔 객

중공 민항기 북조선 평양 경유 남조선 춘천 미군 비행장 불시착!

실에 들어와 트렁크와 소지품들을 챙기기 시작한다.

세종호텔 현관 앞에 4대의 그레이하운드 고속버스가 정차해 문을 활짝 열어 놓고 기다리고 있는데 중공 귀빈들이 여행용 트렁크와 짐들을 가지고 나오고 운전기사들과 안내양들이 받아서 거들어 짐칸에 실어 놓고 중공 귀빈들이 고속버스 4대에 다 타자 인원 점검을 마치고 출발을 기다린다.

세종호텔 사장과 비서, 간부 직원들의 환송 인사를 받으면서 중공 귀빈들을 태운 고속버스가 1호차부터 고속버스 4호차까지 서서히 출발하기 시작한다.

춘천 세종호텔 넝쿨 장미 정문 앞에 직원들이 다 나와서 인도 양쪽으로 정렬해서 있는데 중공 귀빈들을 태운 고속버스 4대가 정문을 나오자, 모두 인사하고 박수를 쳐 주더니 모두 안녕히 잘 가시라고 손을 흔들어 작별 인사를 해 준다.

춘천 미군 비행장 부근 도로에 중공 귀빈들을 태운 고속버스 4대가 지나가는데 미군 비행장에서는 시누 그 헬리콥터, 다스 도프 의료용 헬기, 건 십 헬기, 아파치 헬기들이 편대를 이루며 소양강 변을 지나 이 착륙을 한다.

중공 귀빈들을 태운 고속버스 4대가 미군 비행장 활주로 벽돌담 길을 끼고 달리다가 춘천역 앞에 와서는 잠시 멈추는데 중공 민항기가 짧은 활주로에 착륙해 활주로를 50m나 지나 잔디밭에 바퀴가 푹! 빠져 펑크가 나고 조종석이 철조망 울타리 1m 앞에 와서 가까스로 서 있고 앞에는 민가가 있는데, 어제 자기들이 타고 온 중공 민항기를 바라다보면서 어제의 쓸쓸한 악몽을 회상하게 한다.

중공 귀빈들을 태운 고속버스 4대가 어제의 현장을 다시 보고 서서히 빠져나와 춘천 번화가 시가지를 달린다.

중공 귀빈들을 태운 고속버스 4대가 이동한 경로는 홍천, 횡성, 원주 영동고속도로를 거쳐 용인 자연 농원(용인 에버랜드) 동물원에 도착한다.

중공 귀빈들을 태운 4대의 고속버스가 사자와 호랑이들이 방사된 사파리 장을 둘러보면서 어제의 악몽은 다 잊어버리자, 마음을 달랜다.

19.

중공 귀빈들이
서울 워커힐호텔을 숙소로 정하고 여장을 푼다

한강 변 조정 경기장에서는 **제10회 서울 아시아 올림픽과 제24회 서울 올림픽을 앞두고 카누 수상경기를 진행하는데** 중공 귀빈들을 태운 고속버스 4대가 수상 경기자들의 카누와 경주를 하면서 지나가고 아차산 중턱에 이르자 별장들이 즐비한데 큰 건물들의 워커힐호텔이 보이는데 그곳을 향해 아차산 길을 달려 올라간다.

드디어 중공 귀빈들을 태운 고속버스 4대가 서울 워커힐호텔 진입로 넝쿨 장미 터널을 빠져나오는데 워커힐호텔 직원들이 차도 양쪽에 도열 해 서서 박수치면서 환영해 준다.

서울 워커힐호텔 현관 앞에 1호차부터 4호차까지 고속버스가 정차하더니 중공 귀빈들이 25명씩 내리는데 호텔 직원들이 한 명씩 따라 붙어 거들며 안내를 받으면서 현관에서 로비로 들어간다.

워커힐호텔 라운지 카운터에 들어온 중공 귀빈들이 직원들의 도움을 받으면서 간단한 수속을 받고 체크리스트를 트렁크에 붙여 주고 이름과 중공 주소 워커힐호텔 객실 번호가 새겨진 명함 스티커와 꼬리표가 담긴 봉지를 건네주고 직원들이 따라붙어 곧장 여러 대의 엘리베이터를 타고 객실로 올라간다.

조용했던 호텔 객실 복도에 여러 대의 엘리베이터 문이 열리고 중공 귀빈들과 직원들이 함께 내리느라 왁자지껄 소란하고 트렁크를 끌고 가느라 어수선하다.

복도에서는 양쪽 객실 문을 활짝 열어 놓고 직원들이 여행용 트렁크와 짐들을 챙겨 들어 주고 깍듯이 인사하고 나간다.

서울 워커힐호텔 가야금 대식당 안 무대에서는 「가야금 산조」를 연주하면서 명창이 가야금 산조를 병창하고 있다.

점심 식사로 갖가지 한국 음식으로 뷔페를 차려 놓고 원탁 식탁 위 신선로에서는 열구자탕이 끓고 있는데 중공 귀빈들이 단체로 들어와 음식들을 접시에 자유롭게 골라 담아서 원형 식탁 앞에 그룹으로 앉아 먹기 시작한다.

한식뷔페 음식들이 한곳에 집중적으로 비워 가고 요리사들이 연신 채워 놓고 보온에 신경을 쓰면서 서비스에 만전을 기해 놓은 가운데 중공 귀빈들이 자유롭고 즐겁게 담소하면서 음식들을 가져다 맛있게 먹는다.

맹주억 교수가 나와서 오늘의 일정을 알린다.

"안녕하십니까? 중국어 통역을 맡은 맹주억 교수입니다. 점심 식사 많이 하십시오. 워커힐호텔 카운터에서 받은 명함 스티커와 꼬리표는 단체생활을 하는데 본인의 물건들이 다른 사람의 물건들과 구별

중공 민항기 북조선 평양 경유 남조선 춘천 미군 비행장 불시착!

되어 섞이지 않게 물건마다 꼭 붙여 주십시오. 오후 1시 30분부터는 서울 관광을 할 예정입니다. **서울 관광 순서는 종로에 있는 재래 광장 시장을 시작으로 최신식 명동 롯데백화점, 여의도 금융가 타운투어를 하고 서초동 늘봄공원 갈빗집에서 저녁을 먹고 남산에 올라가 케이블 카를 타고 정상에 도착해 엘리베이터를 타고 남산타워 전망대에 올라 가서 서울의 야경을 구경하고 워커힐호텔로 다시 되돌아올 것입니다.** 점심 식사 많이 하시고 가벼운 복장으로 고속버스 4대에 승차해 주십 시오. 대단히 감사합니다."

서울 워커힐호텔 주차장에 정차한 고속버스 4대에 중공 귀빈들이 들뜬 기색으로 나누어 타자 곧 출발해 가는데 고구려 유적지인 꽃들이 만발한 아차산성을 휘돌아 한강 변 광나루 길을 달려 내려간다.

20.

임금님이 자주 들렀던
종로 전통 광장시장을 중공 귀빈들이 둘러본다

중공 귀빈들을 태운 고속버스 4대가 을지로 5가 로터리 대로변에
정차하여 서더니 중공 귀빈들이 다 내리자, 전통 광장시장 대표가 나
와서 재래 광장시장 골목 안으로 인솔해 들어간다.

중공 귀빈들이 광장시장 안에 들어오자, 고급 양복지, 양장지, 한
복지 등 직물 원단들과 부자재를 파는 포목점들이 즐비하게 늘어서 있
고 이어서 화려한 전통한복, 생활한복, 양장 옷과 양복, 화려한 봄옷
들을 입은 남녀노소 마네킹들이 매장마다 즐비하게 자태를 뽐내고 있
는데 중공 귀빈들이 눈이 휘둥그레져서 보고 있다.

침구류와 커튼, 이불 주방용품 점포들을 중공 귀빈들이 삥 둘러보
고 부러운 눈초리로 보고 나오자, 광장 전통시장 대표들이 선물로 겨
울 내복 선물 세트들을 쌓아 놓고 기다리고 있다가 말하는데 맹주억
교수가 동시통역을 해 준다.

"안녕하십니까? 중공 귀빈들이 광장 전통시장을 방문해 주셔서 진
심으로 축하드립니다. 중공 심양 추운 곳에서 오셨다고 하시기에 고

급 남녀 내복 세트를 선물로 마련했으니 즐겁게 받아 가시길 바랍니다. 그리고 통역을 맡은 조선족 어른 3명과 어린이 1명에게는 우리 민족 고유의 한복 선물 세트를 추가로 더 드리겠습니다. 즐겁고 기쁜 한국 여행 되시길 바랍니다. 감사합니다."

광장시장 대표들이 나와서 중공 귀빈들에게 내복 선물 세트를 나누어 주자 모두 기쁘고 즐거운 마음으로 선물을 받아 간다.

서울 을지로 5가 로터리 대로변에 나온 중공 귀빈들이 내복 선물 세트 상자를 들고 고속버스 4대에 다 타자 인도 변 시민들이 중공 귀빈들을 알아보고 손을 흔들어 주고 박수 쳐 주면서 고속버스는 출발해 을지로입구역 롯데백화점을 향해 간다.

21.

서울 명동 롯데백화점에
초청받은 중공 귀빈들이 아이쇼핑을 한다

중공 귀빈들을 태운 고속버스 4대가 을지로 입구 사거리에 와서 좌회전하여 명동 롯데백화점 앞에 도착해 서더니 중공 귀빈들이 내리자, 신격호 회장과 사장단, 임직원들이 미리 나와서 염광여고 밴드부가 풍악을 울려주면서 반갑게 맞아 인솔해 롯데백화점 정문 안으로 안내해 들어간다.

롯데백화점 실내 로비에 들어온 중공 귀빈들이 행사장 의자에 차례로 들어와 앉아 염광여고 밴드부가 팡파르를 연주하자 쇼핑하던 고객들도 잠시 멈추고 중공 귀빈들을 향해 손을 흔들어 반가움을 표하고 팡파르가 끝나자

「짝! 짝! 짝! 짝! 짝!」

모두 박수 쳐 주면서 환영해 준다.

롯데백화점 신격호 회장이 단상 앞에 나와서 반갑게 인사한다.

"중공 귀빈 여러분. 명동 롯데백화점 본점 방문을 진심으로 환영합

니다. 여러분들을 반갑게 맞이하려고 밴드부를 마련했으니 기쁘게 롯데백화점 전 층을 구경해 주시길 바랍니다."

신격호 회장의 인사가 끝나고 고객들과 중공 귀빈들이 박수를 쳐 준다.

염광여고 밴드부가 축하곡을 연주하자 백화점 손님들이 우르르! 몰려와서, 구경을 한다.

축하곡이 끝나고 신격호 회장이 단상에 나와서 이야기한다.

"중공 귀빈들이 오셨는데 저는 오늘 일정이 바빠서 먼저 롯데백화점 방문 기념 선물로 고급 부부 잠옷 세트와 검찰청에 문의하니 5월에 생신을 맞은 귀빈들이 12명이 있어서 생일 케이크를 드리고 가겠으니 롯데백화점 전 층을 많이 둘러보시기를 바랍니다. 중공 귀빈들이 뜻밖에 한국에 오셨는데 좋은 추억 많이 만들어 가시기를 바랍니다. 감사합니다."

「짝! 짝! 짝! 짝! 짝!」

모두 박수치면서 환영을 하고 신격호 회장이 단상에서 내려가고 임원들이 고급 부부 잠옷 선물 세트를 나눠 주고 사회자가 나와서 5월 생일인 중공 귀빈들을 일일이 불러내 앞좌석에 앉히고 생일 케이크 상자를 전해 주고 생일 축하 노래를 밴드부가 연주하면서 모두 '생일 축하'곡을 불러준다.

"축하합니다. 축하합니다. 당신의 생일을 축하합니다!"

백화점 손님들과 중공 귀빈들이 함께

「짝! 짝! 짝! 짝! 짝!」

박수치면서 중공 귀빈들의 생일을 축하해 준다.

서울 명동 롯데백화점 본점 1층 전망 엘리베이터 앞에 중공 귀빈들이 타려고 줄을 서서 기다리고 있는데 1층에 내려온 엘리베이터 3대가 문이 열리고 안내양이 먼저 내리더니 한국 손님들이 쏟아져 내리자, 안내양이 인사한다.

"안녕히 가십시오."

한국 손님들이 모두 내리자, 안내양이 중국어로 인사를 한다.

"중공 귀빈 여러분 어서 오십시오. 반갑습니다."

안내양이 엘리베이터에 정원만 태우고 문을 닫고 올라간다.

중공 귀빈들이 전망 창 엘리베이터를 타고 올라가면서 명동 일대를 부러운 얼굴로 내려다본다.

중공 귀빈들이 백화점 8층 전자제품 판매장 코너에 들어와 여러 회사의 컬러 TV들이 진열되어 켜져서 휘황찬란하게 동작하는 곳에서 넋 잃고 한참을 바라본다.

박애자가 왕호걸의 손을 잡고 혼잣말을 한다.

"남조선 사람들은 모두가 총천연색, 색깔 TV로 화면을 보는구먼."

왕호걸이 엄마를 올려다보면서 말한다.

"엄마. 색깔 TV를 보니까 꼭 영화 보는 것 같아요."

"참 그렇구나."

대형 냉장고 세탁기, 청소기, 선풍기, 전자 밥솥 등 주방 생활 가전 제품들을 둘러보면서 중공 귀빈들이 부러워한다.

박애자가 백화점 3층 여성 정장 판매점 코너에 와 있다.

중공 민항기 북조선 평양 경유 남조선 춘천 미군 비행장 불시착!

화려하고 우아한 갖가지 봄옷들을 걸쳐 입고 뽐내고 있는 마네킹들을 둘러보면서 중공 귀빈들이 부러워하는데 특히 중공 심양 백화점 경영진인 박애자가 더욱더 부러워한다.

1층 백화점 귀금속 진열 코너, 금은방, 다이아몬드 보석점, 루비, 비취 액세서리점, 갖가지 시계점, 여러 회사의 화장품점 코너를 박애자와 중공 귀빈들이 줄을 서서 둘러보는데 여자분들이 더욱더 부러운 눈길로 쳐다본다.

백여 명의 중공 귀빈들이 선물로 받은 고급 남녀 잠옷 세트와 생일 케이크 상자를 들고 롯데백화점 정문 현관으로 줄줄이 나오는데 해맑은 5월 햇빛이 눈에 부셔서 잠시 멈칫하여 눈을 감고 정신을 차리더니 고속버스 4대에 나누어 타고 롯데백화점 직원들의 환대를 받으면서 떠나간다.

중공 귀빈들을 태운 고속버스 4대가 한국은행 본관 앞을 지나 충정로를 끼고 돌아서 달리더니 마포대교로 진입해 여의도로 향해 간다.
여의대교를 건너온 중공 귀빈들을 태운 고속버스 4대가 여의도 광장을 달리더니 고층 빌딩이 즐비한 한국 금융의 중심지 사거리에서 좌회전하여 들어와 금융감독원을 거쳐 한국 금융투자협회, 한국 증권거래소 등 그 밖에 여러 증권회사와 은행들을 둘러보는 **금융 타운투어**를 하는데 마침 퇴근하느라 쏟아져 나오는 금융가 잰틀맨들을 중공 귀빈들이 부러운 눈길로 고속버스 창밖으로 내다보는데, 퇴근하는 은행원들이 중공 귀빈들을 태운 그레이하운드 고속버스 4대를 알아보고 손을 흔들어 주고 박수를 쳐 주면서 환영해 준다.

이때 외부 야외 스피커에서 서곡 음악이 들리더니 목소리가 나오는데 가던 길을 잠시 멈춘다.

"지금부터 하기식을 시작하겠습니다!"

방송이 들려오자 차들과 퇴근하던 금융인들이 가던 길을 잠시 멈추고 태극기를 향하여 경의를 표한다.

「나는 자랑스러운 태극기 앞에 자유롭고 정의로운 대한민국의 무궁한 발전과 영광을 위하여 충성과 책임을 다할 것을 굳게 다짐합니다.」

중공 귀빈들을 태운 고속버스 4대가 밧줄을 타고 유리창 닦이 고공 대청소 마무리 공사가 한창인 63빌딩 앞에 와서 잠시 멈추더니 고속버스 안내양이 63빌딩 건축 내력을 알려 준다.

"저 황금색 빌딩은 이름이 63빌딩이며 지상 60층 지하 3층으로 지어졌으며 높이가 249m, 연 건축변적 5만 2백 평이며 공사가 끝나면 아시아에서 최고로 높은 빌딩이 되겠습니다. 오늘 저녁 식사는 서초동 늘봄공원 갈빗집에서 식사를 하고 서울 남산에 오르려는데 63빌딩이 남산과 높이가 같습니다. 오늘 밤은 남산타워 전망대에 올라가 서울의 야경을 구경하고 워커힐호텔로 되돌아갈 예정입니다. 지금부터는 저녁을 먹으러 **서초동 늘봄공원 갈빗집**으로 이동하겠습니다. 감사합니다."

중공 귀빈들을 태운 고속버스 4대가 여의도를 떠나 한강 철교 밑을 통과해 한강 변을 따라 질주하더니 국립 현충원 앞을 지나간다.

중공 민항기 북조선 평양 경유 남조선 춘천 미군 비행장 불시착!

중공 귀빈들을 태운 고속버스 4대가 서초동 늘봄공원 갈빗집에 도착한다.

누각 앞에 연못이 있고 수양버들이 축 늘어져 운치가 있는 늘봄공원 갈빗집에 중공 귀빈 백여 명을 맞을 준비가 한창인데 고속버스 4대가 들어오고 안내원이 주차장에 안내해 세우고 중공 귀빈들이 내리자, 누각 갈빗집 안으로 안내하여 앉힌다.

중공 귀빈들이 한우 등심구이를 연신 먹어대고 여기저기에서 주문이 들어오고 직원들은 한우 등심구이를 잘라서 숯불 화덕에 채워 놓고 시중드느라 한참을 바쁘게 돌아간다.

한 테이블에 통역을 맡은 조선족 4명 권민중, 리우진, 박애자, 왕호걸이 앉아서 열심히 맛있게 잘 먹으면서 권민중이 시중드는 직원에게 말한다.

"남조선 한우 등심구이가 참 맛있어서 혼자 3인분을 먹었습니다. 이렇게 극진한 대접과 호의에 감사드립니다."

권민중이 한국말을 하자, 종업원이 놀래면서 말한다.

"중공의 조선족이군요. 맛있게 먹었다니 감사합니다."

"예."

리우진도 한마디 한다.

"저도 한우 등심구이 3인분을 맛있게 먹었습니다."

저녁 식사를 마친 중공 귀빈들을 태운 고속버스 4대가 한남대교에 가로등이 하나, 둘, 셋, 켜지는데 달리더니 남산 1호 터널을 지나 필동 터널 입구에서 나와서 남산을 향해 올라가더니 옛날 한국 중앙방송국 KBS를 지나 남산 케이블카 앞에 와 정차해 선다. 고속버스 4대가 중공 귀빈들을 내려놓고 가려고 하자 2호 차 통역을 맡은 권민중 중령이 묻는다.

"고속버스 4대는 어디로 갈 겁니까?"

"케이블카를 타고 남산에 올라오는 중공 귀빈들을 다시 모셔서 태우려고 남산 정상에 올라갑니다. 남산 정상 팔각정 주차장에서 다시 만나요."

권민중이 밤하늘을 올려다보자 별빛이 총총히 반짝이고 나무들이 울창한 남산에서는 벚꽃 꽃잎이 눈송이처럼 휘날리고 아카시아 꽃향기가 은은히 풍겨 오는데 남산 정상을 올려다보자 높은 남산타워 전망대가 눈앞에 가까이 보인다.

케이블카에 중공 귀빈들이 연신 타고 떠나 남산 정상에 올라간다.

고속버스 4대가 남산 정상 남산타워 팔각정 앞 주차장에 올라오더니 정렬해 정차한다.

케이블카를 타고 남산 정상에 올라온 중공 귀빈들이 다시 줄을 서서 남산타워 안으로 들어가 엘리베이터를 타고 연신 남산타워 전망대에 올라온다.

전망대에서 중공 귀빈들이 전망 창으로 화려한 서울의 야경을 사방팔방으로 내려다보다가 망원경과 쌍안경을 쓰고도 내려다보는데 눈앞에 서울의 빌딩 숲이 불야성을 이루고 도로에는 차량들의 왕래로 불빛이 깔려 휘황찬란하게 보인다.

한국전쟁 때 중공 인민지원군으로 참전해 포로로 붙잡혀 가서 거제도 포로수용소에서 수형생활을 하다가 포로 석방으로 자유인이 되었던 원로 국무원이 소회를 밝힌다.

 "내가 한국전쟁 때. 젊은 나이에 중공 인민지원군으로 참전해 서울 중앙청 국기 게양대에 오성홍기와 인공기를 올렸을 때는 서울의 관공서며 크고 작은 건물들을 모두 폭파했으며 한강 다리와 기차 철도도 모두 폭파해서 잿더미로 만들었는데 지금은 남조선이 이렇게 눈부시게 발전하고 부강한 나라를 만들어 놓고 인민들이 평화롭게 자유를 누리면서 이렇게 잘 살다니 꿈만 같고 한강의 기적이 여기에서 일어났네. 그려!"

 중공 귀빈들이 한국의 발전상을 파노라마처럼 펼쳐보면서 놀라워하며 부러워하는 기색이 영역이 보인다.

 서울 남산타워 전망대에서 내려온 중공 귀빈들이 남산 팔각정 앞 주차장에 들어와 고속버스 4대에 나누어 타고 인원 파악을 먼저 하고 이상이 없자 남산 순환도로를 타고 내려간다.

 밤이 깊어 가는데 중공 귀빈들을 태운 고속버스 4대가 불야성을 이룬 서울 성동구의 한양대학교 앞과 화양동 어린이 대공원 앞과 건국대학교 앞을 지나가더니 한강 변을 끼고 아차산 광나루 길로 달려 올라오더니 서울 워커힐호텔을 향해 올라간다.

 워커힐호텔 진입로에 중공 귀빈들을 태운 고속버스 4대가 들어와 광장 연못을 끼고 돌아 들어와 워커힐호텔 정문 현관 앞에 와서 정차한다.

중공 귀빈들이 선물로 받은 내복 세트와 잠옷 세트, 생일 케이크 상자를 가지고 고속버스 4대에서 내리더니 워커힐호텔 로비로 들어가 모인다.

백여 명의 중공 귀빈들이 다 모이자, 맹주억 교수가 메가폰을 들고 중국어로 말한다.

"중공 귀빈 여러분, 서울 구경 많이 하셨습니까?"

"예."

모두가 우렁차게 대답한다.

"내일은 서울에서 좀 먼 곳 경기도 광명시 소하동에 있는 기아자동차 공장을 오전에 견학하고 오후에는 수원시에 있는 삼성전자 구내식당에서 점심을 먹고 삼성전자 공장을 견학하겠습니다. 지금 호텔 객실에 들어가시면 선물들을 놓고 나오셔서 싸우나 목욕탕을 찾아가 목욕을 먼저 하시고 빨랫감들이 나오면 객실 번호와 이름이 써진 비닐봉지가 문고리에 걸려 있는데 그 비닐봉지에 담아 문 앞 복도에 내놓아 주시면 수거해 가서 밤사이 말끔히 세탁하여 아침에 바로 입도록 호실마다 찾아가서 배달해 드리겠습니다. 이제 객실에 들어가셔서 내일 산업체 견학을 위하여 편안히 쉬시길 바랍니다. 감사합니다."

중공 귀빈들이 홀가분한 마음으로 엘리베이터를 타고 호텔 객실을 향해 올라간다.

서울 워커힐호텔 3층 객실 복도에 여러 대의 엘리베이터가 열리자, 중공 귀빈들이 쏟아져 내리는데 손에 잠옷 세트와 내복 세트, 생일 케이크 상자를 들고 각자 자기 객실을 찾아 들어간다.

워커힐호텔 박애자의 객실에 TV가 켜져 있는데 박애자가 분홍 잠옷을 입고 아들 왕호걸이에게 내복도 입혀 보고 잠옷도 입혀 보고 한복도 입혀 보면서 흐뭇해한다.

"엄마도 속내의와 잠옷이 맞춤인데 왕호걸이도 딱 맞고 참 곱구나."

"엄마. 속내복은 뜨셔서 참 좋아요."

워커힐호텔 객실 복도에 옷과 모자 등 **빨랫감들이** 비닐봉지에 담겨 있는데 세탁부 직원들이 핸드카를 끌고 와서 수거 해간다.

전기 차 화통이 이불 실은 핸드카와 커튼 실은 핸드카, 빨랫감들을 실은 핸드카들을 연결해 끌고 세탁 공장을 향해서 꼬부랑길을 넘어가더니 활짝 열려 있는 세탁 공장 안으로 차를 몰고 들어간다.

워커힐호텔 세탁 공장 큰 건물 안에는 실내체육관을 방불케 하는 큰 건물인데 등치가 크고 작고 길이가 길고 짧은 각종 세탁기들이 기능에 맞춰서 세탁물들을 끌어안고 바삐 돌아가고 큰 세탁기 앞에서는 2명의 세탁기사가 초벌 세탁한 이불들을 쌓아 놓고 이불 귀퉁이를 붙잡고 롤러에 올려주자, 반대편에서는 세탁이 다 된 이불들이 말리고, 다려져서 자동으로 나와 개켜져 쌓인다.

작은 세탁기에 수거해 온 중공 귀빈들의 세탁물 옷가지들을 집어넣자, 세탁, 헹굼, 탈수되어 연신 나오자, 세탁 기사들이 세련된 솜씨로 연신 다리미로 다리는데 옆에서는 육군부대에서 긴급 지원 나온 세탁 병 3명이 장군 복장에 칼주름을 잡아 다리고 장군 모자들을 원형 틀에 올려놓고 돌려가면서 드라이기로 정성껏 말리고 손질해 다려서 깔끔한 정모로 만들어 놓는다.

5월 7일 아침이 되자 워커힐호텔 객실 복도에 세탁부들이 말끔히 세탁되어 포장한 옷들을 핸드카에 싣고 객실까지 와서 일일이 배달해 준다.

워커힐호텔 객실 안에서는 장군이 세탁된 장군복을 갖춰 입고 정모를 쓰고 흡족해하고 비서가 계급장과 옷매무새를 고쳐 준다.

워커힐호텔 중화요리 대식당에 깔끔하게 차려입은 중공 귀빈들이 중국풍의 고풍스러운 장식으로 꾸며진 중화요리 뷔페식당에 속속 들어와 뷔페 식단에서 접시에 여러 가지 음식들을 골라 담아 식탁에 가져와 아침을 맛있게 먹는다.

워커힐호텔 주차장에 대기한 고속버스 4대의 옆구리에 「중공 귀빈들! 한국 산업체 현장 견학단!」이라고 한문과 한글로 쓰여 있는데 식사를 마친 중공 귀빈들이 들뜬 기색으로 주차장에 모이더니 4대의 고속버스에 나누어 타자 곧 출발해 달려간다.
중공 귀빈들을 태운 고속버스 4대가 천호대교를 건너와 달리더니 코엑스 빌딩 앞을 지나 예술의 전당 앞을 지나간다.

중공 민항기 북조선 평양 경유 남조선 춘천 미군 비행장 불시착!

22.

기아자동차 공장을
중공 귀빈들이 견학을 간다

시흥 다리를 건너 광명시로 진입해 들어가는데 원경으로 기아자동차 공장이 보이더니 전경으로 보이고 기아자동차 정문 앞에 와서 서는데 정문 위 플래카드에 「**중공 귀빈 여러분의 기아자동차 공장 견학을 진심으로 환영합니다!**」라고 한문과 한글로 쓰여 있는데 정문 밑을 통과해 들어오는데 연도 변에 부사장과 경영진들이 도열 해서 인사하고 박수치면서 반갑게 환영한다.

기아자동차 주차장에 중공 귀빈들을 태운 고속버스 4대가 들어와 모두 내리자, 중공 귀빈들을 홍보팀장이 기아자동차 홍보관으로 안내해 들어간다.

홍보관에 들어온 중공 귀빈들이 의자에 앉아, 경청을 하고 단상에서는 기아자동차 회장이 휠체어에 실려 나와 인사말을 하는데 맹주역 교수가 중국어로 통역을 한다.

"저는 기아자동차 회장 김철호입니다. 중공 민항기를 타고 오신 귀빈들을 진심으로 환영합니다."

기아자동차 회장이 인사하자 중공 귀빈들이 박수 쳐 주고 다시 말을 이어간다.

"이곳 기아자동차 홍보관에서 기아자동차의 과거와 현재의 발전 과정을 영상물로 시청하시고 인기 절정에 있는 기아 봉고 자동차 조립 과정을 돌아보게 될 것입니다. 지금부터 기아자동차 영상물을 시청하시기를 바랍니다. 감사합니다."

기아자동차 회장이 인사하고 들어가자, 홍보관의 실내등이 꺼지고 홍보 영상물이 스크린에 흘러나오는데 기아자동차 회장이 말하는데 중국어로 통역된 음성이 나온다.

"기아자동차는 1957년 5월에 시흥 공장을 완공하여 이곳에서 처음에는 자전거, 오토바이, 삼륜차 등을 생산해 왔었는데 본격적으로 자동차 공업에 도전하게 됩니다. 삼천리 자전거를 1960년 6월에 미국에 수출하기 시작합니다. 기아 혼다 오토바이를 1961년 10월에 생산을 시작합니다. 삼륜 자동차 기아 마스타를 1962년 1월에 생산을 시작하여 큰 인기를 누립니다. 1973년 6월에 광명시 소하동에 새로 지은 공장을 완공하여 4륜 자동차를 9월부터 생산하여 부리사가 최초로 국민차 반열에 올라 인기를 끕니다. 지금 인기 있는 차는 봉고차인데 해외에 수출이 많이 되어서 국내에서 지금 1983년에 봉고 자동차를 주문하면 내년 이맘때에나 봉고차를 인도해 갈 수 있습니다. 감사합니다."

홍보관 스크린의 영상물이 꺼지자, 실내에 환하게 조명이 켜지고 홍보팀장이 나와서 말한다.

"홍보관을 나가시면 안내 차들이 대기하고 있습니다. 안내 차에 승

중공 민항기 북조선 평양 경유 남조선 춘천 미군 비행장 불시착!

차하시면 안내원들이 여러분들을 모시고 중국말로 자세히 설명을 해 드릴 것입니다. 잘 따라다니시기를 바랍니다. 감사합니다."

홍보관에서 나온 중공 귀빈들이 안내 차들을 줄줄이 타고 지나가는데 대규모의 기아자동차 조립 공장들이 전경으로 한눈에 들어온다.

중공 귀빈들을 태운 안내 차들이 프레스 공장 앞에 와서 멈추더니 견학을 한다.

프레스 공장에서는 컨베이어벨트를 타고 대형 철판이 들어와 멈추고 직원이 버튼을 누르자 천장 위에 봉고 차량의 외형을 이루는 올록볼록 요철 된 프레스 기계가 내려와 철커덩! 차량의 겉껍질 패널을 찍어 제작하는 공정을 중공 귀빈들이 호기심 어린 눈초리로 유심히 보는데 다음 공정으로 안내 차량들이 이동해 간다.

중공 귀빈들을 태운 안내 차들이 차체 공장 앞에 와서 멈추더니 견학을 한다.

컨베이어시스템을 타고 봉고 엔진과 차체 뼈대에 바퀴를 달고 깡통 봉고차가 들어오자, 프레임에 싸이드 패널과 양 도어, 본 네트, 차 지붕이 조립되고 차량의 구조물들이 용접되어 차량의 겉껍질로 구성해 나가는 공정을 중공 귀빈들이 부러운 눈길로 보는데 다음 공정으로 안내 차량들이 이동해 간다.

중공 귀빈들을 태운 안내 차들이 유리 벽으로 완전 밀폐된 도장 공

장 앞에 와서 멈추더니 견학을 한다.

유리온실 도장 공장 천장에서는 대형 흡입기와 선풍기, 환풍기가 연신 돌아가고 도장 기술자들이 모자가 딸린 방진복, 마스크, 보안경으로 완전 무장하고 스프레이 페인트 로봇들과 합세하여 컨베이어시스템을 타고 들어온 차량의 외관에 색을 입히고 건조하여 세련된 차량으로 만들어 내는 과정을 유리창 너머에서 중공 귀빈들이 호기심 어린 눈초리로 보는데 다음 공정으로 안내 차량들이 이동해 간다.

중공 귀빈들을 태운 안내 차량들이 조립 공장 앞에 멈추더니 견학을 한다.

반 제품 차량 들을 문을 다 열어 놓고 기술자들이 실내와 실외의 부품들과 유니트를 장착하여 완제품 차량으로 조립해 마무리해 놓자, 컨베이어시스템을 타고 검수 공장으로 넘어가자, 중공 귀빈들이 탄 안내 차량 들도 이동해 간다.

중공 귀빈들을 태운 안내 차량들이 완제품 기아자동차 검수 공장 앞에 멈추더니 견학을 한다.

완제품 차량들이 검수 공장에 넘어와 있는데 앞, 뒷바퀴 정렬, 속도계, 조명등, 제동력, 주행 성능, 배기가스, 방수 등의 다양한 내관 기계 계측검사와 외관 검사를 진행한 후에 합격한 차들만 주유를 하고 운전기사들이 다 타더니 줄줄이 입고 장으로 이동해 나가고 출고 차들이 트레일러트럭에 실려 정문을 연신 빠져나간다.

중공 민항기 북조선 평양 경유 남조선 춘천 미군 비행장 불시착!

중공 귀빈들이 기아자동차 완성차 주차장 높은 관망대에 올라가 내려다본다.

수출용으로 완성된 다양한 색상의 봉고차들이 끝도 없이 즐비하게 주차장에 주차해 있는데 새로운 봉고차들이 줄줄이 대기장으로 이동해 가는 모습을 중공 귀빈들이 부러운 기색으로 내려다보면서 감탄사를 연발한다.

기아자동차 홍보관 대강당에 맹주억 통역관이 중공 귀빈들을 인솔해 들어와 앉아서 휠체어에 실려 나온 기아자동차 회장의 마지막 말을 하고 맹주억 교수가 동시통역을 하고 중공 귀빈들이 경청을 한다.

"우리 대한민국은 한국전쟁으로 모든 것이 파괴되어 잿더미가 된 속에서도 똘똘 뭉쳐 경제발전을 이루어 내고 있습니다. 저도 젊은 나이에 한국 전쟁에 참전해 두 다리와 한 손을 잃었으나 맨몸으로 국가 발전에 참가하여 기아자동차 회장이 되었습니다. 지금 대한민국은 일할 곳은 많으나 일할 사람들은 적은 실정입니다. 중동 여러 나라와 미국에 일할 곳을 너무 많이 만들어 와서 외국에 한국 기술자들이 많이 빠져나가 있어서 국내에는 17개국 여러 나라에서 일꾼들을 계속 모셔와서 함께 일하고 있습니다. 앞으로 대한민국과 중화인민공화국과 국교가 맺어지면 중공 귀빈들도 모셔 와서 일할 수 있습니다. 그런 날이 속히 오기를 바랍니다. 오늘 중공 귀빈들이 기아자동차 공장을 방문한 기념품으로 한국에서 만든 고급 한국도자기 홈 세트를 선물로 마련했으니 돌아가시는 길에 기쁘게 받아 가시길 바랍니다. 감사합니다."

기아자동차 주차장에 대기해 있던 4대의 고속버스 앞에 중공 귀빈들이 도자기 홈 선물 세트를 들고 모여들자, 맹주억 교수가 메가폰을 들고 말한다.

"중공 귀빈 여러분 기아자동차 공장 견학 잘하셨습니까? 오후 일정을 말씀드리겠습니다. 점심은 수원 삼성전자 공장 직원 식당에서 먹고 삼성전자 휴게실에서 잠시 휴식을 취한 후 1시 30분부터 삼성전자 공장 견학을 실시하겠습니다. 모두 고속버스에 다 타시길 바랍니다. 감사합니다."

23.

삼성전자 공장을
중공 귀빈들이 견학을 간다

중공 귀빈들을 태운 고속버스 4대가 수원 성곽을 지나 기흥에 접어
들어 가자, 원경으로 삼성전자 공장 단지가 보인다.

종사자 4만여 명이 근무하는 대단위 공장이 펼쳐진다.

중공 귀빈들을 태운 고속버스 4대가 삼성전자 동문으로 들어가자,
부사장과 경영진들이 도열해서 인사하고 박수를 치면서 반갑게 맞아
준다.

삼성전자 주차장에 들어온 고속버스 4대에서 백여 명의 중공 귀빈
들이 모두 내리자, 맹주억 교수가 메가폰을 들고 일정을 알린다.

"지금 바로 직원 식당에 들어가셔서 먼저 점심을 먹고 직원 휴게실
에 들어가 좀 쉬었다가 1시 30분부터 삼성전자 홍보관에 들어가 영상
물을 시청하시고 난 뒤 삼성전자 공장 견학을 하겠습니다. 자 그러면
식당을 향해 갑시다."

맹주억 교수가 중공 귀빈들을 인솔해 식당 안으로 들어간다.

삼성전자 직원 식당에 들어와 보니 직원들이 일부는 식사를 하고 있

고 일부는 줄을 서 식판을 들고 자유 배식을 하는데, 중공 귀빈들이 단체로 들어와 줄을 서자, 직원들이 양보해 길을 터주고, 배식판을 가져다 나누어 주자, 자연스럽게 배식을 해서 식탁에 가지고 가서 식사를 하기 시작하자, 삼성전자 직원들이 박수를 쳐 주면서 격려해 주고 중공 귀빈들이 입맛에 맞는지 맛있게 잘 먹는다.

삼성전자 휴게실 안에는 각종 자판기와 휴게시설, 안마의자와 안락의자와 소파가 마련되어 있는데 대형 브라운관 컬러 TV 여러 대가 켜져 동작하고 있다.

점심 식사를 마친 중공 귀빈들이 휴식을 취하려고 휴게실에 들어와 의자에 앉는데 모두 처음 보는 대형 컬러 TV를 보면서 눈이 휘둥그레져서 말똥 말똥거리면서 휴식을 취하지 못하고 있다.

TV에서는 KBS 중앙방송국 프로로 한복차림의 남녀 배우가 나와 뮤지컬 음악극 '갑돌이와 갑순이'를 하는데 중국어 자막이 나온다.

뮤지컬 음악극이 끝나자 1시를 알리는 시보가 울린다.

「삐! 삐! 삐! (낮 1시 시보 소리)」

아나운서가 뉴스를 하는 데 관계된 영상물이 나오고 중국어로 통역이 되어 나온다.

"전두환 대통령은 국무위원들이 모인 자리에서 중공 민항기 납치 사건이 여러 나라의 이해관계가 걸려 있어 지혜롭고 슬기롭게 잘 처리해 주기를 바란다고 당부하셨습니다. 중공 정부와 한국 정부의 협상 기간이 오래 걸리는 만큼 인질로 납치되어 온 선량한 중공 귀빈들이 무료하지 않게 전국에 산재해 있는 우리 산업체를 견학시켜 현재 대한민국이 이렇게 열심히 일하면서 잘살고 있는 모습을 보여 주라고 당부하셨다고 합니다. 한편, 오늘 정오 12시 30분경 중공 민항기 납치 사건을 해결하기 위해 중공 정부 협상 대표단 33명이 보잉 707 중공 민항기를 타고 김포국제공항에 내렸다고 합니다. 중공 정부 협상 대표단장은 중공 민항 심도 총국장인데 납치 탑승객 중에 정부 고위층 인사와 군 장성과 참모들이 많이 있어서 먼저 만나 뵈려고 긴급히 헬리콥터를 타고 지금 수원 기흥 삼성전자 공장 헬리콥터 비행장으로 내려간다고 합니다. 중공 협상단 일행은 서울 신라호텔에 여장을 풀고 협상에 임할 것이라고 합니다. 자세한 뉴스는 오늘 밤 9시 KBS 종합 뉴스 시간에 자세히 전해 드리겠습니다."

TV 화면에는 중공 민항기 보잉 707이 김포국제공항에 내려와 앉고 문이 열리자, 협상 대표단 단장 심도가 앞장서고 대표단 33명이 내려오자, 대한항공 조중훈 회장과 차례로 악수하며 반겨 맞으면서 담소한다.

신라호텔 리무진 버스 2대가 보잉 707 중공 민항기 가까이에 와서 서자, 협상 대표단 30명이 타자 곧 떠나고 중공 민항 총국장 심도와 부국장 장주핑과 비서관만 남게 되고 조중훈 회장이 대한항공 공항 리무진 차량이 오자 타기를 권하고 모두 리무진을 타자 조중훈도 함께 타고 김포국제공항 헬리콥터장으로 이동해 간다.

TV 화면에 뉴스가 계속되는데 중국어 자막이 나온다.

"다음 뉴스입니다. 내일 5월 8일 어버이날을 맞아 꽃집에 카네이션이 다 팔려 생화는 구하기가 어렵다고 합니다."

중공 귀빈들이 삼성전자 휴게실에서 대형 컬러 TV로 생생한 뉴스를 보면서 깜짝 놀라 서로 쳐다본다.

TV 화면에는 리무진이 헬리콥터장에 도착하여 내리더니 헬리콥터에 중공 민항 총국장 심도와 부국장 장주펑, 비서관과 조중훈 회장이 함께 타고 삼성전자 공장을 향하여 이륙해 날아가는 장면이 보인다.

경기도 수원시 기흥 삼성전자 공장 하늘 위 헬리콥터에서 내려다보니 4만여 명 직원들이 근무하는 삼성전자 공장 단지 건물들이 바둑판처럼 내려다보인다.

헬리콥터가 기흥 삼성전자 공장 헬기장에 사뿐히 내려와 앉는다.

헬리콥터에서 내린 일행들이 조중훈을 앞세우고 삼성전자 홍보관을 향해 뒤따라간다.

홍보관 앞 현관에 삼성전자 이병철 회장이 나와서 조중훈을 반겨 맞으면서 악수하고 조중훈은 심도 일행을 소개하고 악수하고 홍보관 안으로 안내하여 들어간다.

삼성전자 홍보관 대강당 안에서는 중공 귀빈들이 들어와 앉아 있는데 행사가 지연되어 조용히 기다리고 있는데 맹주억 통역관 교수가 나와서 행사가 지연되는 사항을 알린다.

"중공 귀빈 여러분, 잠깐만 기다리십시오. 행사가 지연되는 이유는

중공 민항기 북조선 평양 경유 남조선 춘천 미군 비행장 불시착!

중공 민항기 납치 불시착 협상 대표 단장 중공 민항기 총국장 심도와 부국장 장주핑과 비서관이 삼성전자 홍보관을 찾아오신다고 연락이 왔습니다. 잠깐만 기다리십시오."

 잠시 후 중공 민항 총국장 심도와 부국장 장주핑과 비서관이 홍보관 강당 앞 중앙에 와서 서자, 중공 귀빈들이 박수 치면서 환영한다.
「짝! 짝! 짝! 짝! 짝!」
 우레와 같은 박수를 치다가 갑자기 박수가 중단된다.
 앞에서부터 2줄에 앉아 있던 권민중 중령이 갑자기 일어서 나와서 중공 민항 총국장 심도 앞에 서서 흥분해서 말한다.
 "중공 민항기 심도 총국장님. 이게 뭡니까? 중공 심양동탑국제공항 보안 경비 검색을 어떻게 했기에 중공 민항기가 납치되어 적국 남조선 한복판에 들어와 이런 수모를 당해야 합니까? 국가의 큰 행사. 태평양 길버트 군도에 원정. 출장을 가서 둥펑-5 ICBM 대륙 간 탄도 유도탄 미사일 발사할 큰 행사 예정 계획도 차질이 나게 하고!"
 "잘못했습니다. 한 번만 용서해 주십시오."
 이때 앞 좌석에 앉아 있던 중공 민항기 1등석 고위층 인사 12명이 뾰로통하여 일제히 일어나서 심도 앞에 와서더니 째려보는데 중공 민항 총국장 심도가 먼저 무릎을 꿇고 빌자, 부국장 장주핑과 비서관도 덩달아 따라서 무릎을 꿇고 빈다.
 연장자 국무원이 말한다.
 "심도 중공 민항 총국장 동무, 중공 심양국제공항에서 보안 경비 검색을 어떻게 허술하게 했기에 중공 민항기가 납치됩니까?"

중공 민항 총국장 심도가 올려다보면서 빌면서 말한다.

"죽을죄를 지었습니다. 한 번만 용서해 주십시오."

말하면서 빈다.

"중공 베이징에 가서 봅시다."

"예! 지금 고생스럽지는 않은지요?"

국무원이 감정을 누그러트려 억제하면서 말한다.

"남조선 정부에서 뜻밖에 잘 대접해 줘서 잘 지내고 있으니 우리는 걱정을 말게나. 우리가 만약에 납치범들 6명의 희망대로 대만으로 납치되어 갔었다면 어떻게 되었겠나? 끔찍한 상황이 일어났겠지 않나! 남조선에 왔으니 망정이지!"

심도 중공 민항 총국장이 걱정스러운 모습으로 머리를 치올려 보면서 말한다.

"이 중공 민항기 납치 사건을 어떻게 처리하면 좋겠습니까?"

"공무원들인 6명의 중공 민항기 납치범들은 이미 서울 구치소에 수감 되어 형벌을 받고 있으니, 남조선 정부에 섭섭하지 않게 이번 사건을 잘 협상하여 처리하길 바라네."

"예. 잘 알겠습니다."

"한국전쟁 때 멸망해 가던 북조선을 중공 인민지원군들이 목숨 바쳐 도와서 일으켜 세워 피로 맺은 혈맹국이라는 북조선이 이럴 수가 있을까! 북조선 평양 순안국제공항에 착륙을 시도해 평양 시가지를 5번씩이나 돌아다녔는데 북조선 김일성은 우리 중공인 들을 홀대해서 아무런 조치도 도움도 주지 않았는데 적국인 남조선은 우리를 맞아 따뜻하게 대접해 주고 있으니 아무 걱정을 하지 말게나, 우리의 한국 산업체 견학 일정이 지연되고 있으니 어서 협상장으로 빨리 나가라!"

"예. 알겠습니다."

중공 민항 총국장 심도가 먼저 일어나고 뒤따라 부국장 장주펑과 비서관이 일어나 공손히 인사한다.

협상 대표단 단장 심도와 중공 민항 부국장 장주펑, 비서관이 삼성전자 홍보관을 나가고 모두 자리에 앉자, 이병철 회장이 나와서 인사말을 하고 맹주억 교수가 동시통역을 한다.

"저는 삼성전자 이병철 회장입니다. 중공 귀빈들이 삼성전자 공장 견학을 오신 것을 진심으로 환영합니다. 이곳 삼성전자 홍보관에서 삼성전자의 과거와 현재의 발전 과정을 잠깐 돌아보게 될 것입니다. 지금부터 삼성전자의 홍보 영상물을 시청하시길 바랍니다."

이병철 회장이 인사하고 들어가자, 실내등이 꺼지고 홍보 영상물이 흘러나오고 해설자가 해설을 하는데 중국어로 통역이 되어 나온다.

"1969년에 삼성전자를 설립해서 1976년에 흑백 TV 100만 대를 생산했으며, 1977년에는 컬러 TV를 파나마에 첫 수출을 시작해서 냉장고, 에어컨, 전자계산기, 세탁기, 컴퓨터, 전자레인지 등을 제조 판매 수출하고 있습니다. 1981년에는 흑백 TV 1000만 대를 생산했으며, 흑백 TV 수출 실적 세계 1위를 차지하였습니다. 일찍이 삼성전자는 홍콩지사에서 사업을 시작하고 있으며 1977년부터 컬러 TV를 홍콩에 수출하고 있습니다. 1983년에는 국내 최초로 최소형 컬러 VTR 8㎜를 개발해 내수와 수출을 하고 있으며, 1983년에는 삼성 반도체가 미국과 일본에 이어 세계 3번째로 64K-D램을 개발하여 전기 전자제품에 필수품으로 유용하게 쓰이고 있습니다."

홍보관 스크린에서 영상물이 꺼지고 조명등을 켜자 환해지고 이병철 회장이 나와서 삼성전자 공장 견학 순서를 알리는데 맹주억 교수가 동시통역을 한다.

"한국에는 전자제품을 생산하는 큰 회사가 3개 회사가 있습니다. 역사와 전통이 빛나는 금성사 전자 회사. 고장 없고 튼튼한 탱크주의를 모토로 지향해 실천해서 전자제품을 만드는 대우전자. 조금 늦게 출발을 했지만 전자제품 하면 글로벌 브랜드로 세계 제일주의를 지향하는 삼성전자 회사가 치열하게 경쟁하면서 전자제품들을 생산하고 있습니다. 삼성전자 공장 견학이 지연되어 몇 군데 공장만 보여 드리려고 합니다. 삼성전자 공장 견학이 끝나면 곧바로 금성사 전자 회사 견학이 예정되어 있으니 같은 전자제품 중복 견학을 피해 달라고 금성사 전자 회사에서 연락이 왔습니다. 삼성전자 컴퓨터 공장. 에어컨 공장, 삼성 반도체 공장, 삼성전자 컬러 TV 공장 등을 견학하시겠습니다. 삼성전자 홍보실 중국어 안내원들이 중공 귀빈들을 모시고 공장에 가서 자세한 설명과 안내를 해드릴 것입니다. 잘 따라다니시길 바랍니다. 감사합니다."

중공 귀빈들이 삼성전자 컴퓨터 조립 공장에 들어와 컴퓨터 조립 과정을 견학하고 있다.

흰 모자에 청색 작업복을 입은 여자 직원들이 컨베이어시스템 앞에 앉아서 단순 작업을 하는데 컴퓨터 메인 철 박스가 흘러나오자, 박스 안에 CPU 클러와 메모리 카드를 장착하고 파워 그래픽 카드 SDS 파일을 메인보드에 장착하고 하드를 설치하고, 파일을 장착하고 전선

중공 민항기 북조선 평양 경유 남조선 춘천 미군 비행장 불시착!

탭을 끼워서 이상 없이 컴퓨터 조립이 끝난 제품들을 다시 컨베이어시스템에 올려놓자, 품질 검사실로 향해 간다.

검사실로 들어온 컴퓨터 몸체에 전선을 연결하고 테스트 브라운관 모니터 컬러 TV에 연결하고 전원을 켜고 테스트를 해 보더니 이상이 없자 합격 도장을 찍고 포장실로 보내 비닐을 씌우고 박스 포장을 해서 팔레트에 올려 쌓아 놓자, 지게차가 와서 싣고 간다.

중공 귀빈들이 에어컨 공장에 들어와 조립 과정을 견학하고 있다.

흑갈색 작업복을 입은 건장한 삼성전자 남자 직원들이 에어컨 몸체가 컨베이어시스템에 실려 오자 라디에이터와 모터, 온도 센서를 달고 전원선을 입선하고 전원을 꽂고 켜자, 찬바람이 씽씽! 나오고 전원을 끄고 전원선을 뽑고 합격품 마크를 찍고 삼성전자 회사 마크를 붙이고 포장실로 넘어오자, 비닐을 씌우고 박스 포장을 해서 컨베이어시스템 위에 올려놓자, 입고 장 창고 안으로 들어간다.

중공 귀빈들이 삼성 반도체 공장 휴게실에 들어와 간식으로 빵, 우유, 커피, 떡, 콜라, 사이다, 아이스크림, 과자를 먹으면서 휴식을 취하고 있는데 맹주억 교수가 알린다.

"중공 귀빈 여러분, 간식 시간이 끝나면 이번에는 삼성 반도체 공장을 견학하게 됩니다. 이곳은 TV, 라디오, 컴퓨터, 전화기, 무전기, 계산기 등 온갖 각종 전자제품에 필수품으로 꼭 필요해서 들어갈 핵심 부품을 만드는 반도체 공장이라 모자가 딸린 방진복을 입고 마스크와 보안경을 쓰고 장갑을 끼고 완전무결하게 갖추어 입고 들어가야 합니다."

중공 귀빈들이 삼성 반도체 공장에 들어와서 견학을 한다.

중공 귀빈들이 모자가 딸리고 상·하위가 붙은 방진복을 입고 마스크와 보안경, 장갑을 끼고 메모리 반도체 공장 견학장에 들어와 메모리 반도체가 제조되는 전 과정을 견학하고 있다.

삼성 메모리 반도체 공장 기술자들이 완전무결하게 방진 복장을 갖추어 입고 메모리 반도체 공장 방진실에 들어와 웨이퍼를 제작하여 회로가 설계된 기판에 짜 맞추고 큰 원판 필름 반도체를 제작하고 웨이퍼 가공 공정을 거쳐 완성된 큰 웨이퍼를 제작하고 그것들을 또 잘게 쪼개내서 최종적으로 많은 발을 달아, 지네 같은 반도체 칩이 만들어지는 전 과정을 신기한 듯 중공 귀빈들이 견학하고 나온다.

중공 귀빈들이 삼성전자 컬러 TV 공장에 들어와 견학한다.

중공 귀빈들이 삼성전자 컬러 TV 공장에 들어와 여자 직원들이 컬러 TV 기판을 조립하는 전 과정을 견학하고 있다.

흰색 모자에 녹색 작업복을 입고 마스크를 쓴 여직원들이 컨베이어 시스템을 타고 온 뽕! 뽕! 뚫린 기판을 옮겨 놓고 여러 가지 색깔 띠를 두른 저항, 콘덴서, 다이오드, 반도체 칩 등 부속품들을 심어 놓고 기판을 뒤집어 솟아나온 전선을 립퍼와 벤치로 잘라내고 바로 세워놓고 컨베이어시스템에 다시 올려놓자, 기판이 납땜하는 프린트 실로 넘어간다.

중공 귀빈들이 이동해 납땜하는 프린트 기판실 유리창 앞에서 견학한다.

중공 민항기 북조선 평양 경유 남조선 춘천 미군 비행장 불시착!

사방이 유리 벽으로 밀폐된 칸막이가 되어 있고 천장에는 대형 환풍기, 선풍기와 흡입기가 장치되어 가동하는데 컨베이어시스템을 타고 온 기판들이 끓는 납 위를 지나가고 기판에 납 땜납이 달라붙어 전기회로가 완성되어 프린트 기판이 나오는 전 과정을 중공 귀빈들이 신기한 듯 보고 다음 공정으로 이동해 간다.

중공 귀빈들이 컬러 TV 새시 조립 공장에 들어와 견학하고 있다.

청색 모자와 청색 작업복을 입은 건장한 남자 직원들이 TV 플라스틱 새시 상자에 컬러 TV 브라운관과 전자회로가 연결된 프린트 기판을 삽입하고 전선을 입선하고 전원선을 납땜해 완성해서 컨베이어시스템에 올려놓고 성능 검사실로 컬러 TV가 이동해 간다.

성능 검사실에 조립된 컬러 TV가 들어오자, 여자 직원들이 전원을 꽂고 켜자, 화면 조절 12 색깔들이 나오자 로터리 스위치를 돌려 KBS TV를 켜 보고, MBC TV를 켜 보고, TBC TV 방송을 켜 보고 화면과 소리가 이상이 없자 플라스틱 새시 안쪽에 합격 도장을 찍고 뒤의 뚜껑을 닫고 삼성전자 회사 마크를 붙이고 포장실로 보낸다.

포장실에 들어온 완제품 컬러 TV에 비닐을 씌우고 박스에 넣어 밴딩 처리를 하여 팔레트에 쌓아 놓는 모습을 중공 귀빈들이 부러운 눈빛으로 바라본다.

이때 삼성전자 이병철 회장이 나타나 맹주억 교수와 의논하더니 말한다.

"중공 귀빈 여러분, 삼성전자 여러 공장을 잘 둘러보셨습니까?"

"예."

중공 귀빈들이 우렁차게 대답한다.

"중공 귀빈들에게 기쁜 소식을 전해 드리겠습니다. 삼성전자 이병철 회장님이 중공 귀빈들이 대한민국에 오신 기념 선물로 중형 컬러 TV를 한 대씩 드리겠다고 합니다."

「짝! 짝! 짝! 짝! 짝!」

중공 귀빈들이 박수 치면서 말한다.

"띵 호와! 띵 호와!"

환호하면서 좋아한다.

"중형 컬러 TV를 중공 귀빈들이 가지고 한국 관광을 다니시기는 너무나 무거워서 오늘 협상 대표단을 싣고 온 보잉 707 중공 민항기에 여러분들에게 드릴 컬러 TV를 인원수에 맞춰서 실어 놓겠습니다. 감사합니다."

메가폰을 든 맹주억 교수가 중공 귀빈들이 주차장에 모이자, 일정을 변경한다.

"경기도 평택에 있는 금성사 공장 견학은 오늘은 일정이 늦어서 취소하고 내일 오전에 금성사 구미 공장 견학으로 바꾸겠습니다. 감사합니다."

중공 귀빈들이 삼성전자 주차장에 있는 고속버스 4대에 승차하자 곧 떠나간다.

중공 귀빈들을 태운 고속버스 4대가 수원 성곽을 경유해 전원도시 과천시에 진입하더니 과천종합청사 앞을 지나간다.

천호대교를 건너온 중공 귀빈들을 태운 고속버스가 숙소인 워커힐호텔 주차장에 들어와 정차한다.

고속버스 4대에서 중공 귀빈들이 기아자동차에서 받은 한국 도자기 홈 선물 세트를 가지고 내려 워커힐호텔 안으로 들어간다.

5월 8일 어버이날이 돌아왔다.

중공 귀빈들이 즐거운 여행으로 단잠을 자고 아침이 되자 5월 8일 어버이날이 돌아와 상쾌한 기분으로 일어난다.

중공 귀빈들이 워커힐호텔 중국식 뷔페식당 안에 몰려 들어와 있는데 무대 위에 「오늘은 5월 8일 어버이날입니다!」 플래카드를 걸어 놓았다.

중공 귀빈들이 홀가분한 마음으로 워커힐호텔 중국 뷔페식당에 들어와 아침 식사를 하는데 맹주억 교수가 나와서 오늘의 일정을 알린다.

"중공 귀빈 여러분, 안녕히 주무셨습니까? 오늘은 대한민국의 어버이날입니다. 오늘부터는 어제 중공 민항기 보잉 707을 타고 협상하러 오신 33명 중 협상 대표단 13명만 서울 신라호텔에 남겨두고 와서 한국 관광에 20명이 늘었습니다. 그 이유는 춘천 미군 비행장에 타고 오신 영국에서 제조한 트라이던트 중공 민항기가 활주로를 벗어나 잔디밭에 빠져 타이어가 펑크 나고 고장이 나 있어서 안전한 이륙을 위해 기체의 무게를 줄이기 위해 한국의 대한항공 기술자들이 냉장고 의자 칸막이 등을 뜯어내고 중공 민항기 몸무게를 줄여서 다시 띄워서 서울 김포국제공항에 착륙시켜 뜯어낸 냉장고 의자 칸막이들을 다시 조립해 붙이고 고장 난 곳을 원상 복구해 주기로 하였습니다. 그래서 중공 민항기 보잉 707을 타고 오신 승무원들과 조립 기술자들 20

명이 한국 관광에 합석하시게 되었습니다. 어제 저녁에 워커힐호텔에 처음 오신 20명은 잠깐 일어나 주십시오."

추가로 온 20명이 일어선다.

"모두 박수로 환영해 주십시오."

"짝! 짝! 짝! 짝! 짝!"

모두 박수갈채로 환영해 준다.

"모두 앉으십시오. 30인승 고속버스 1대에 5명씩 인원이 늘어나 겠습니다. 고속버스 뒷좌석 끝에 화장실이 있으니 혹시 배탈이 나고 차멀미가 난 승객들은 맨 뒤 좌석을 배려해 드리겠습니다. 오늘의 일정을 말씀드리겠습니다. 오전에는 포항제철을 견학하고 구내식 당에서 점심을 먹고 오후에는 구미 금성사를 견학하고 대구로 이동 해 가서 저녁 무렵에는 제일모직을 견학하고 몇 천 여 명의 여직원 들이 회사에서 무상으로 야간 고등학교 과정을 공부시켜 주는 산업 체 학생들의 어버이날 행사와 패션쇼를 보시고 대구 인터불고호텔에 서 오늘 밤을 주무시고 내일은 울산 현대자동차와 현대조선소를 견 학할 예정입니다. 1박 2일간 여행하는 동안 받을 선물이 많을 것 같 아서 보조로 비닐봉지와 보조 그물망 자루를 식당 입구에 이름과 중 공 주소와 워커힐호텔 객실 번호가 새겨진 붙이는 스티커와 꼬리표 를 갖다 놓았으니 본인 것은 꼭 찾아가시고 무거운 선물들은 그물망 자루에 담아 꼬리표를 묶어 달고 모든 선물 들은 본인 성명이 새겨 진 스티커를 꼭 붙여 주시고 고속버스 의자 밑 텅텅 비어 있는 짐칸 에 보관해 주십시오. 이상입니다. 아침 식사 많이 하십시오. 감사합 니다."

중공 민항기 북조선 평양 경유 남조선 춘천 미군 비행장 불시착!

중공 귀빈들을 태운 4대의 고속버스가 경부고속도로 신갈분기점 인터체인지 교차 지점 중심을 지나가면서 고속버스 안내양이 설명을 한다.

"지금 여러분이 타신 고속버스는 신갈분기점 인터체인지를 돌아 지나가고 있습니다. 목적지를 바꾸려면 사통팔달 뻗어 있는 이곳 인터체인지 입체 교차로에서 회전해 돌아가시면 어디든지 갈 수 있습니다."

24.

포항제철 공장을
중공 귀빈들이 견학을 간다

중공 귀빈들이 탄 고속버스가 포항 국도를 달리는데 저만치 원경으로 포항제철 공장 굴뚝들이 보이는데 화물용 증기 기관차가 포항제철 공장 안으로 들어간다.

고속버스가 달려오자, 포항제철 공장이 전경으로 나타난다.

중공 귀빈들을 태운 고속버스가 포항제철 정문을 통과해 들어오자, 지휘봉을 든 박태준 회장과 임원진들이 반갑게 맞아 준다.

고속버스에서 120여 명이 내리자, 지휘봉을 든 박태준 회장이 포항제철 역사관으로 중공 귀빈들을 인솔해 들어간다.

중공 귀빈 120여 명이 포항제철 역사관에 앉자, 박태준 회장이 단상에 나와서 정중히 인사하고 말하자 맹주억 통역관이 동시통역을 한다.

"저는 포항제철 박태준 회장입니다. 중공 민항기를 타고 오신 중공 귀빈들을 진심으로 환영합니다. 이곳 포항제철 역사관에서 허허벌판에서 포항제철 공장이 세워지고 운영되는 이전 과거와 현재의 과정을

중공 민항기 북조선 평양 경유 남조선 춘천 미군 비행장 불시착!

중국어 영상물로 시청하시고 포항제철 넓은 공장은 안내 버스를 타고 포항제철소 구석구석을 중국어 안내원들을 동반하여 둘러보게 될 것입니다. 그러면 포항제철 홍보 영상물을 시청하시길 바랍니다."

포항제철 역사관 실내등이 꺼지고 영상물이 스크린에 흘러나온다.

먼저 포항 공업단지 부지 가설 단상에서 1971년 4월 1일 포항제철 주식회사의 거대한 기공식이 거행되는 장면이 나온다.

왼쪽부터 박태준 회장과 가운데 박정희 대통령. 오른쪽에 장기영 부총리가 서서 포항제철 착공식에서 단체로 발파 스위치를 누르자 오색연막탄이 터져 하늘로 치솟는데 근로자와 행사 요원들이 짝! 짝! 짝! 박수를 쳐 준다.

1973년 6월 9일 첫 고로 화입식이 거행되고 우리나라 최초로 만든 용광로에서 시뻘건 쇳물이 쏟아져 나오는 장면이 장관으로 보인다.

1973년 1단계 초기 공장 완공식부터 4단계 1979년 추가된 완공식 장면들까지 오버랩으로 흘러나온다.

거대한 포항제철 공장 굴뚝과 건물들이 끝없이 위용을 드러내고 포항제철 굴뚝들이 완전 연소되어 흰 수증기를 뿜어낸다.

홍보 영상물이 꺼지고 포항제철 역사관 조명이 환하게 켜진다.

박태준 회장이 나와서 다음 순서를 알린다.

"포항제철 역사관을 나가시면 안내 버스들을 타시고 중국어 안내원들이 여러분들을 모시고 안내와 설명을 해드릴 것이니 잘 따라다니시길 바랍니다. 감사합니다."

중공 귀빈들이 안내 차량에 줄줄이 타고 지나가는데 엄청난 대규모의 송유관과 공업용수와 가스 파이프라인들이 즐비하게 깔려 있고 하늘을 찌를 듯이 높은 굴뚝들에서는 완전히 연소하여 새하얀 연기와 수증기를 뿜어내고 있다.

포항제철 제강 공장에 중공 귀빈들이 들어와서 견학한다.

용광로에서 시뻘건 쇳물이 끓어서 나오자, 어뢰 차가 쇳물을 받아서 부어주면 다시 흐르는데 이물질과 불순물을 걸러내고 제거해서 제강하여 강철로 만드는 과정을 중공 귀빈들이 보고 있다.

중공 귀빈들을 태운 안내 차량들이 포항제철 열연, 냉연 공장에 들어와서 견학을 한다.

철강 반제품을 얇은 강판으로 만드는 열연, 냉연 과정이 전개되는데 뜨거운 쇠판이 빨갛게 가열된 후 두들기고 펴서 식혀서 압연된 강판이 열연코일로 만들어지고 있다.

마지막으로 얇게 펴진 강철판 코일들을 원형으로 감아 놓자, 지게차가 가지고 밖으로 나와서 증기 기관차 짐칸에 실어 놓는다.

포항제철 안내 차들이 중공 귀빈들을 태우고 전시실에 와 있다.

철강 제품 실에는 쇠붙이에서 철강 제품으로 파생되는 표본 샘플들이 즐비하게 진열돼 있는데 작은 것은 실물로 진열되어 있다.

기관차, 탱크, 대포, 잠수함, 군함, 비행기, 버스, 승용차, 선박 등등 등치가 아주 큰 물건들은 모형 제품으로 진열되어 있다.

작은 철제제품들은 실물인데 냉장고, 세탁기, 컴퓨터, 철제, 캐비

중공 민항기 북조선 평양 경유 남조선 춘천 미군 비행장 불시착!

닛, 철제 선반, 각종 철제 주방 기구 등이 진열되어 있다.

중공 귀빈들이 스테인리스 제품. 각종 주방 그릇에 눈길이 쏠리자, 안내원들이 중공 귀빈들에게 선물로 준다고 귀띔해 준다.

"중공 귀빈 여러분, 견학이 끝나면 포항제철 박태준 회장님이 각종 주방 기구 그릇 세트로 꾸며진 스테인리스 종합선물 세트를 중공 귀빈 들에게 한 세트씩 드리겠다는 연락이 왔습니다."

중공 귀빈들이 환호성을 지르고

「짝! 짝! 짝! 짝! 짝!」

박수치면서 좋아한다.

중공 귀빈들이 포항제철 역사관에 다시 들어와 앉아서 박태준 회장 이 마지막 말을 하고 맹주억 교수가 동시통역을 하자, 중공 귀빈들이 열심히 듣고 있다.

"지금 한국은 중동 건설 붐을 타고 수 많은 한국인 기술자들이 중동 과 구라파 지역에 많이 나가 근무하고 있어서 국내에는 일할 사람이 많이 부족합니다. 그래서 포항제철 공장에는 인접 국가 태국, 필리 핀, 말레이시아, 인도네시아, 네팔, 인도, 방글라데시 등 9개국에서 외국인 근로자들을 모셔 와 일하고 있습니다. 중화인민공화국과 대한 민국이 국교를 맺으면 여러분도 한국에 들어와 일할 수 있습니다. 중 공 귀빈들과도 함께 일할 수 있는 날이 빨리 오길 바랍니다. 벌써 점 심때가 돌아왔습니다. 점심 식사는 구내 직원 식당에서 하시고 고속 버스를 타실 때 포항제철이 중공 귀빈들에게 좀 무거운 스테인리스 종 합 주방 기구 선물 세트를 드리려고 합니다. 주차장 앞에서 고속버스를 타시기 전에 받아서 고속버스 짐칸에 보관해 주시길 바랍니다. 감사합니다."

　포항제철 구내식당에서는 일부 직원들이 식사하고 있고 일부는 식판을 들고 자유롭게 배식을 받는데 중공 귀빈들 120여 명이 단체로 들어오자
「짝! 짝! 짝! 짝! 짝!」
　박수치면서 환대하며 배식 자리를 비켜 주고 중공 귀빈들에게 먼저 식사하게 한다.
　한식과 양식으로 차려진 뷔페식 식당인데 여름 과일로 수박, 참외, 오이, 열대 과일로 바나나, 파인애플, 망고, 음료수로 콜라, 사이다, 여러 가지 아이스크림 종류가 후식으로 나와 있다.
　중공 귀빈들이 맛있게 점심을 먹고 토막 친, 수박, 바나나, 참외, 콜라, 사이다, 아이스크림 등을 가지고 가서 후식으로 맛있게 먹는다.

　중공 귀빈들이 이를 쑤시면서 고속버스를 타려고 주차장에 몰려오자, 박태준 회장과 사장 중역들이 스테인리스 선물 세트를 나누어 준다.
　중공 귀빈들이 기쁘게 스테인리스 선물 세트를 받아 그물망 자루에 담아 꼬리표를 달고 고속버스 짐칸에 보관하고 고속버스에 다 타고 떠나가는데 박태준 회장과 임원진들이 손을 흔들어 환송해 준다.

25.

금성사 전자 회사를
중공 귀빈들이 견학을 간다

중공 귀빈들이 탄 고속버스 4대가 영천 3사관학교와 대구역 앞을 통과해 구미역을 지나 국가 산업단지 안에 있는 금성사를 향하여 달리는데 원경으로 금성사가 보이고 가까워지자, 전경으로 보이더니 이윽고 금성사 정문 앞에 도착해 정차한다.

정문 위에 「중공 귀빈 여러분의 금성사 방문을 진심으로 환영합니다!」라고 중국어와 한글로 쓰여 있다.

경비원이 금성사 정문을 열어 주자, 고속버스 4대가 들어가서 주차장에 주차한다.

중공 귀빈들이 모두 내리자, 맹주억 교수가 금성사 홍보관으로 안내하여 들어간다.

중공 귀빈들이 금성사 홍보관에 착석하자 금성사 구자경 회장이 나와서 인사하고 말하자 맹주억 교수가 중국어로 동시통역을 한다.

"저는 금성사 구자경 회장입니다. 중공 민항기를 타고 오신 중공 귀빈들을 진심으로 환영합니다. 금성사는 부친인 구인회 회장님이 창업했으며 제가 2대 금성사 회장입니다. 금성사 전자 회사를 1958년 2월 17일 창립했으며 1959년 11월 설립 1년 만에 국산 라디오를 최초로 출시했으며 1960년에는 선풍기를 국내 최초로 만들었습니다. 1961년에는 자동 전화기를 만들었으며 1962년 11월에는 홍콩과 미국 시장에 라디오와 자동 전화기를 수출하기 시작했습니다. 1966년에는 흑백 TV를 국내 최초로 생산했습니다. 1968년에는 국내 최초로 에어컨을 생산했습니다. 1969년에는 세탁기를 생산했습니다. 1977년에는 컬러 TV를 첫 생산하였으며 1978년에는 국내 업체 최초로 수출 실적 1억 달러를 넘어섰습니다. 1980년에는 독일에 첫 유럽 판매 법인을 설립했으며 1982년 1월에는 국내 최초로 VCR 및 컬러 비디오카메라를 개발하고 1982년 3월에는 컴퓨터 사업에 본격적으로 진출하여 해외 미국에 투자했습니다. 내년 1984년에는 매출액이 1조 원을 넘을 것 같습니다."

다시 **화면에 안내양이 나와 카세트 녹음기 코너에 다가와 보 단을 누르면** 1983년도 녹음기에서 금성사 시엠송이 나오고 라디오를 켜면 현재의 방송이 들리고, 1983년도 컬러 TV 비디오 비전을 켜면 금성사 선전제품 컬러 TV 화면이 나오는데 광고와 함께 시엠송이 흘러나오고 안내양이 TV를 끄자, 금성사 홍보관 실내등이 환하게 켜진다.

금성사 홍보관 단상에 구자경 회장이 다시 나와 말하자 맹주억 교수가 동시통역을 한다.

"중공 귀빈 여러분, 금성사에서 만드는 여러 가지 전자제품들을 잘 보셨습니까? 이제 금성사 홍보관을 나가시면 삼성전자와 중복되지 않

중공 민항기 북조선 평양 경유 남조선 춘천 미군 비행장 불시착!

은 전자제품 세탁기. 냉장고. 전화기. 시계. 라디오를 만드는 공장을 차례로 견학하시겠습니다. 중국어 안내원들이 중공 귀빈들을 모시고 다니면서 자세히 설명하고 안내해 드리겠습니다. 잘 따라다니시길 바랍니다. 감사합니다."

중공 귀빈들이 금성사 세탁기 조립 공장에 견학을 간다.

중공 귀빈들이 금성사 세탁기 조립 공장 안에 들어와 있다.

갈색 작업복 차림의 금성사 남자 직원들 앞에 컨베이어시스템을 타고 들어온 세탁기를 조립하는 모습을 어깨 넘어서 견학하고 있는데 세탁기 조립에서 입선까지 전 과정을 한 사람이 일괄적으로 처리하고 있다.

금성사 작업복을 입은 세탁기 남자 조립원들이 컨베이어벨트에 엎어져 들어오는 세탁기 철통 상자에 모터를 삽입해 조립하고 벨트를 끼우고 전선을 입선해 놓자, 세탁기가 바로 서자 센서 기판과 스위치를 달고 뚜껑을 달고, 닫더니 전원을 꽂아 세탁, 헹굼, 탈수 등의 짧은 동작을 해 보더니 합격 검사 마크와 금성사 회사 마크를 붙여 놓고 완제품 입고 장으로 보내고 세탁기에 비닐을 시우고 박스 포장을 해서 쌓아 놓자, 지게차가 들어와 옮겨 간다.

중공 귀빈들이 금성사 냉장고 조립 공장에 들어와 견학을 한다.

금성사 냉장고 조립 공장 앞에는 회색 작업복과 안전모, 보안경을 쓴 건장한 남자 직원들이 있는데 한 사람씩 전담해 능숙하게 조립에서 입선까지 일괄하여 처리하는 모습을 견학하고 있다.

금성사 남자 직원들 앞에 컨베이어벨트를 타고 업어져 들어온 냉장고 몸체에 냉동 모터와 전선을 입선하고 냉장고가 돌아서 눕자, 냉장고 안에 온도 센서와 로터리 스위치, 램프를 달고 냉장고가 세워지면 문짝을 달고 선반들을 꽂아 놓고 문짝을 닫고, 컨베이어벨트를 타고 검사실로 넘어온 냉장고를 검사원들이 전원을 꽂고 냉장고 문을 열어 램프가 들어오고 문을 닫고 냉장고를 360도로 회전해 돌려놓고 육안 검사를 실시하여 합격증 마크, 에너지 등급 마크, 금성사 회사 마크를 붙여 놓고 옮겨가면 완제품 포장실로 넘어간다.

포장실에 넘어온 냉장고에 비닐을 시우고 박스 포장을 해 벤딩 처리를 해 놓으면 컨베이어시스템을 타고 완제품 창고를 향해 간다.

중공 귀빈들이 금성사 자동 전화기 조립 공장에 견학을 간다.
중공 귀빈들이 금성사 자동 전화기 조립 공장 안에 들어와 견학을 하고 있다.

푸른색 작업복 차림의 여자 직원들이 컨베이어시스템을 타고 나오는 프린트 기판을 전화기 몸체에 삽입하고 전선을 연결하고 전화기 테스트 송신기, 수신기에 전화선을 꽂아 다이얼을 돌려보더니 신호가 울리고 송신과 수신을 해 보고 통화가 되고 이상이 없자 합격 도장을 찍고 박스에 담아 컨베이어시스템에 올려놓자, 완제품 창고로 줄줄이 들어간다.

중공 귀빈들이 금성사 전자 디지털 손목시계 조립 공장을 견학간다.
중공 귀빈들이 금성사 전자 디지털 손목시계 조립 공장 안에 들어와

중공 민항기 북조선 평양 경유 남조선 춘천 미군 비행장 불시착!

견학하고 있다.

흰 모자와 흰 작업복을 입은 여자 직원들이 시계 몸체에 프린트 기판과 시계용 수은전지 시계 줄 등 부속품들을 박스 통째로 작업대에 올려놓고 애꾸눈 돋보기안경을 끼고 시계를 조립해 완제품 전자 디지털 손목시계를 만들어 컨베이어시스템에 올려놓고 포장실로 들어가자, 포장실에서 금장한 시계 상자에 넣어서 예쁘게 포장을 한다.

중공 귀빈들이 금성사 라디오 조립 공장에 견학을 간다.
중공 귀빈들이 금성사 라디오 조립 공장에 들어와 견학을 하고 있다.

흰 모자에 푸른 작업복을 입은 여자 직원들이 컨베이어시스템을 타고 나오는 라디오 상자 안에 프린트 기판을 삽입하고 라디오 사이클 피댓줄을 세시에 조립하고 안테나를 삽입하고 전원을 꽂아 스위치를 켜고, 볼륨을 올려보더니 사이클을 돌려서 여러 방송국 소리가 나오고 이상이 없자 합격 검사 도장을 찍어놓고 예쁜 상자에 넣어 컨베이어시스템에 올려놓고 라디오가 창고로 들어가자, 직원들이 완제품들을 쌓아 놓는다.

구미 금성사 임직원들이 주차장 앞에 라디오와 전자 손목시계 선물 세트를 쌓아 놓고 기다리고 있는데 중공 귀빈들이 고속버스를 타려고 모여들자, 금성사 구자경 회장이 맹주억 교수에게 말하자 동시통역을 한다.

"금성사 회장님께서 중공 귀빈들에게 구미 금성사를 견학한 기념품으로 금성사에서 만든 라디오와 전자 디지털 손목시계를 하나씩 드리겠다고 합니다. 모두 박수 쳐 환영해 주십시오."

중공 귀빈들이 모두 박수치면서 고마움을 전한다.

「짝! 짝! 짝! 짝! 짝!」

맹주억 교수가 알린다.

"고속버스에 오르기 전에 라디오와 전자 디지털 손목시계를 받아 가시길 바랍니다. 다음에 견학하는 회사는 대구에 있는 **제일모직 패션 회사**입니다. 이 회사는 직원 모두가 야간 고등학교를 다니는 여학생들로 조직된 회사입니다. 주간에는 제일모직 직원들이고 3교대로 열심히 일해 월급을 받고 기숙사 생활을 하며 야간에는 정규 고등학교 과정을 무료로 공부시켜 주는 산업체 학교를 운영하는 회사입니다. 제일모직 방직 공장 견학이 끝나면 오늘 밤은 **대구 인터불고 호텔**에서 하룻밤을 자고 **내일 아침나절에는 울산 현대자동차와 내일 오전에는 울산 현대조선소**를 견학할 예정입니다. 감사합니다."

금성사 주차장에서 금성사의 라디오와 전자 디지털 손목시계를 선물로 받아 든 중공 귀빈들이 고속버스에 다 타자 금성사 임직원들이 손을 흔들어 주고 고속버스 안에서도 중공 귀빈들이 손을 흔들어 주면서 고속버스 4대는 서서히 떠나 금성사 정문을 빠져나간다.

26.

대구 제일모직 공장을
중공 귀빈들이 견학을 간다

구미공단을 출발한 중공 귀빈들을 태운 고속버스 4대가 구미 인터
체인지를 휘돌아서 대구를 향해 가고 있다.

중공 귀빈들을 태운 고속버스 4대가 대구시청 앞을 지나 대구 제일
모직 공장을 향해 달리는데 원경으로 대구 제일모직 공장 단지들이 보
이더니 가까이 가자, 전경으로 눈앞에 보이고 이윽고 제일모직 본사
아치형 정문이 나오는데 문 위에 **「중공 귀빈 여러분 제일모직 공장 견
학을 진심으로 환영합니다!」** 한문과 한글로 쓰여 있다.

정문 앞에 중공 귀빈들이 탄 고속버스 4대가 가서 서더니 경비가 제
일모직 공장 정문을 열어 주자, 주차장에 들어가 주차한다.

주차장에 미리 나와 있던 이병철 회장과 경영진들이 고속버스 4대
에서 중공 귀빈들이 모두 내리자 반겨 맞아 주면서 이병철 회장이 말
하고 맹주억 교수가 동시통역을 한다.

"중공 귀빈 여러분. 대구 제일모직 공장에서 또 뵙게 되었습니다.
대구 제일모직 여러 공장을 많이 견학하시고 추억을 많이 쌓아 가시기

를 바랍니다. 감사합니다."

제일모직 임원들이 중공 귀빈들을 홍보관으로 안내하여 들어가서 홍보관 의자에 앉힌다.

홍보관 단상에 제일모직 이병철 회장이 나와 인사하고 말하자 맹주억 교수가 동시통역을 한다.

"저는 삼성그룹 회장 이병철입니다. 제일모직도 삼성그룹 안에 포함되어 있습니다. 중공 귀빈들을 또다시 뵙게 되어서 반갑습니다. 이곳 **제일모직 공장은 소모 공장, 방모 공장, 염색 공장, 가공 공장**으로 이루어져 있습니다. 한국전쟁이 끝난 후 1955년에 이 공장을 짓고 1961년에 국내 최초로 골든 텍스 양복지를 만들어 홍콩 등 해외에 수출하기 시작했으며 국제양모사무국으로부터 울마크 사용권을 획득하였습니다. 신사복 갤럭시는 1981년에 수출하였으며 이 밖에 빈폴, 로가디스, 구호 등의 의류와 빈폴 아웃도어 등을 만들고 있습니다. 제일모직 홍보관에서 제일모직에서 만든 패션쇼를 잠시 영상물로 보시겠습니다."

제일모직 홍보관의 실내등이 꺼지고 제일모직의 패션쇼가 영상물로 흘러나온다.

젊은 남자와 여자 모델들이 갤럭시 신사복과 빈 폴, 로가디스, 구호 등의 옷을 입고 패션쇼를 진행하는데 시엠송이 흘러나온다.

스크린에서 패션쇼가 끝나고 실내 등이 환하게 켜진다.

이병철 회장이 다시 강단에 나와 말을 이어가고 맹주억 교수가 중국어로 동시통역을 한다.

"백문이 불여일견입니다. 이제 제일모직 여러 공장을 순서대로 돌아보시겠습니다. 먼저 방직 공장에서 실을 만들고, 자동 제 직기 공장에서 합성 직물을 만들고, 염색 공장에서 염색된 직물들을 가공하는 최첨단 전자동으로 직물들을 일괄 생산하는 모습을 보시고 최고급 양복지를 사용해 디자이너들이 디자인하고 제품별 생산 라인에서는 몇 천 여 명의 여학생 직원들이 옷들을 만들어 내는 전 과정을 여러분의 눈으로 직접 보시겠습니다. 감사합니다."

중공 귀빈들을 태운 고속버스 4대가 면방직 공장을 향해 가고 있다.

대구 **제일모직 공장** 높은 굴뚝들에서는 완전 연소되어 하얀 수증기가 모락모락 흘러나오고 있다. 평지에 제일모직 공장들이 끝도 없이 사방팔방 지어져 있는데 안내원이 나와서 중국어로 설명한다.

"이곳에는 여러 공장이 있습니다. **면방직 공장**은 목화에서 실이 만들어져서 전자동 직조기를 통과해 면직물이 나오면 디자인하여 의복이 나오는 전체 과정이 한 공장 안에서 이루어지는 일괄 시스템 체제로 옷들을 생산하고 있습니다. 또 **직물 공장**에서는 짐승의 털과 가죽을 분리해 직조하는 **소모 공장**, 짐승의 털로 털실을 뽑아내는 **방모사 공장**, 나일론 같은 **화학섬유 공장** 등 여러 가지 공장들이 이곳 한곳에 밀집해 있습니다. 실에서 패션 기성복이 나오는 전체 과정이 이곳 한곳에서 이루어지고 있습니다. 여러 공장을 견학하려면 빨리빨리 돌아다니셔야 합니다. 감사합니다."

제일모직 소모 공장 안에 중공 귀빈들이 들어와 견학을 하고 있다.

대구 **제일모직 산업체 성일여자실업고등학교 수많은 학생들**이 작업 제복을 입고 제봉틀 앞에 앉아서 앙골라와 밍크 등의 동물 가죽들을 모아 붙여 퍼즐 맞추듯이 제단 하여 제봉질 하여 양탄자 같이 아주 큰 모직물들을 만들어 내고 있다.

제일모직 방모 공장 재료실 안에는 양털이 산더미같이 쌓여 있는데 연신 패일 로라 차들이 양털들을 실어다 놓고 아주 큰 깔때기 같은 재료 통에 퍼 담고 있다.

제일모직 넓은 방모 공장 방적기 실 안에는 중공 귀빈들이 들어와서, 견학을 하고 있다.
양털이 전자동 방적기에 들어가 털실이 되어 그 방적사들이 모여 거대한 자 카드 직조기를 거치자, 옷감의 천이 되어 원통에 감기어 돌아간다.

염색 공장에 다양한 직물들이 들어와 쌓인다.
면방직 공장. 소모 공장. 방모사 공장. 가죽 공장. 화학섬유 공장에서 직조된 원단들과 앙고라, 밍크, 양모들이 염색 공장에 들어와 염색물로 삼고 뜨거운 김으로 찌고 여러 공정을 거치자, 고급 패션 옷감으로 변모해 둔갑한다.

제일모직 패턴 디자인실에 중공 귀빈들이 들어와서, 견학을 하고 있다.

중공 민항기 북조선 평양 경유 남조선 춘천 미군 비행장 불시착!

각종 패션 잡지들과 패턴 책들이 사방에 걸려 있는데 패턴 사들과 디자이너들이 디자인 책을 보면서 의논하면서 종합해서 판지 종이에 이상하게 생긴 타원형 자들과 곡선자. 줄자. 각종 도구들을 사용해 익숙하게 도안하고 그려내자, 재단사들이 들어와 견본 패턴이 그려진 판지 종이들을 가지고 나간다.

제일모직 패션 재단실에 각종 직물들과 모피들이 쌓여 있는 곳에서 재단사들이 패턴에 맞는 직물과 모피의 원단을 다량으로 옮겨 놓고 견본 패턴 판지 종이를 올려놓더니 자동기계로 재단하여 대량으로 잘라 낸다.

중공 귀빈들이 **제일모직 패션 가공 공장** 안에 들어와 견학을 하고 있다.

실내 운동장만 한 공장 안에서 양복, 양장, 모피 등이 정렬된 라인 재봉틀 앞에 재봉사, 제조원, 수선 원 등 몇천 여 명이 앉아 일사분란 하게 컨베이어시스템을 타고 온 패션 원단을 사용해 요즘 유행하는 양 복과 양장, 모피 옷들을 만들어 내고 있다.

제일모직 기성복 전시장에 중공 귀빈들이 들어와서, 견학을 하고 있다.

여러 계층의 남녀노소 마네킹들이 제일모직 제품의 요즘 다양하게 유행하는 기성복인 신사복과 양장복, 청소년복, 학생복, 아동복, 천 연모피와 인조 모피로 만든 코트를 입고 마네킹들이 자태를 뽐내고 있는데 특별히 밍크코트와 앙골라 코트에 중공 심양백화점 경영진인 박 애자가 더욱 부러워하면서 눈을 떼지 못한다.

낮에는 제일모직 직원들이고 밤에는 산업체 야학 대구 성일여자실 업고등학교 학생인, 학생들이 교대해서 현장에서 학생복으로 갈아입 고 등교하여 사내 패션쇼를 진행하게 된다.

대구 제일모직 주간 근무자들이 야간 근무자들과 몇천여 명이 교대 해 작업 현장에서 학생복으로 갈아입고 학생 가방을 들고 **산업체 야학 인 대구 성일여자실업고등학교**를 향해 등교하러 간다.

제일모직 주차장에 정차한 고속버스 4대에 중공 귀빈들이 다 타자, 성일여자실업고등학교를 향해 출발한다.

야학을 가는 많은 성일여자실업고등학교 학생들이 중공 귀빈들이 탄 고속버스 4대가 지나가면서 마주치자 손을 흔들어 주자 중공 귀빈 들도 손을 흔들어 답례해 준다.

대구 성일여자실업고등학교에 중공 귀빈들이 탄 고속버스 4대가 주 차장에 들어와 정차하고 중공 귀빈들이 모두 내리고 통역관 맹주억 교 수가 성일여자실업고등학교 대강당으로 인솔해 안내하여 들어간다.

성일여자실업고등학교 대강당 무대 앞에 「1983년 5월 8일 어버이 날 사내 패션쇼장」이라고 쓰여 있고 중앙 무대 앞까지 붉은 양탄자가 깔려 있는데 양탄자를 경계로 중공 귀빈들이 기혼자들은 오른쪽에 미 혼자들은 왼쪽에 마주 보고 앉아서 어버이날 행사를 기다리고 있다.

중국어 통역관 맹주억 교수가 양탄자 가운데 나와서 사회를 본다.

중공 민항기 북조선 평양 경유 남조선 춘천 미군 비행장 불시착!

"중공 귀빈 여러분. 대구 제일모직 여러 공장 구경 잘하셨습니까? 이번에는 중공에서는 5월 첫째 주가 어머니 주간인데 한국에서는 오늘 5월 8일이 어버이날입니다. 그래서 주간에는 제일모직 직원들이고 야간에는 학생들인 성일여자실업고등학교 학생들이 중공 어머님 아버님께 카네이션을 가슴에 달아 드리고 선물로 케이크와 카시미론 이불, 패딩 점퍼를 드리겠습니다. 학생들은 앞으로 선물을 가지고 나와서 중공의 어버이들께 마주 보고 서십시오."

선물 상자들을 든 여고생들이 먼저 양탄자를 밟고 중공 귀빈들과 마주 보며 서자 맹주억 중국어과 교수가 알린다.

"부모님들께 먼저 카네이션을 가슴에 달아 드리고 케이크와 패딩 점퍼, 카시미론 이불 순으로 선물을 드리십시오."

여고생들이 중공의 부모님들 가슴에 카네이션을 먼저 달아 드리고 케이크와 패딩 점퍼, 카시미론 이불 순서대로 선물을 드린다.

산업체 야학 학생들이 한 아름씩 선물을 드리고

「짝! 짝! 짝! 짝! 짝!」

모두 박수 쳐 주자 중공 귀빈 부모님들이 흐뭇해한다.

맹주억 교수가 말한다.

"이번에는 미혼자 중공 귀빈들에게도 카시미론 이불과 패딩 점퍼를 드리겠습니다. 학생들은 선물을 가지고 나오십시오."

여고생들이 선물을 한 아름씩 들고 양탄자를 밟고 나와 미혼인 중공 귀빈들에게도 카시미론 이불과 패딩 점퍼 선물을 나누어 주고 들어간다.

맹주억 교수가 다음 순서를 알린다.

"다음 순서는 중공 귀빈들이 오셔서 한국의 중공 여성 유명한 인기가수 주현미 양이 중공 말로 어버이날 주제곡인 '어머니 은혜'와 '고향의 봄'을 연속 곡으로 불러드리겠습니다."

젊은 주현미 양이 수줍어하면서 양탄자를 밟고 나와 서서 중공어로 말한다.

"중공 동포인, 중공 귀빈 여러분 반갑습니다. 저의 본적은 중공 산동성 모평현이고 중공 이름은 저우 쉐엔 메이입니다. 한국어로 주현미입니다. 한국의 어버이날을 맞아 '어머니 은혜' 와 '고향의 봄' 노래를 연속 곡으로 중공어로 불러 드리겠습니다. 감사합니다."

'어머니 은혜' 전주곡이 끝나자, 주현미 양이 중공어로 노래를 부른다.

'어머니 은혜' 노래가 끝나자, 중공 귀빈들과 여학생들도 눈시울을 적신다.

'고향의 봄' 전주곡이 끝나자, 주현미가 중공어로 노래를 부른다.

주현미의 '고향의 봄' 노래가 끝나고 중공 귀빈들이 열렬하게

「짝! 짝! 짝! 짝! 짝!」

박수 쳐 주고 주현미가 인사하고 들어간다.

맹주억 교수가 나와서 다음 순서를 알린다.

"다음 순서는 주간에는 대구 제일모직 회사 직원들이며 야간에는 성일여자실업고등학교를 다니는 여학생들이 **일상생활하는 데는 옷이 날개다!**"는 주제로 제일모직에서 만든 봄, 여름, 가을, 겨울의 옷을 계절별로 입고 모델로 나와 워킹을 시작하겠습니다."

잔잔한 **패션쇼 오프닝 음악**이 흐르더니 조명이 잠시 꺼지고 봄의 왈

중공 민항기 북조선 평양 경유 남조선 춘천 미군 비행장 불시착!

츠 멜로디가 흐르면서 조명이 점점 밝게 들어오고 화사한 봄옷을 입은 모델들이 자태를 뽐내면서 사뿐사뿐 패션쇼장에 워킹을 하면서 나오기 시작한다.

다양한 색상의 봄옷들, 원피스, 투피스, 스리피스, 위가 붙은 치마, 주름치마, 갈라진 치마, 미니스커트, 바지, 청바지, 반바지, 바바리 레인 코트를 입고 한 명, 두 명, 세 명 패션쇼장에 화려하고 우아한 옷들을 입고 한층 뽐내며 워킹하여 돌고 들어가는 모습을 중공 귀빈들이 휘둥그레져서 보고 있다.

봄옷들의 패션 워킹이 끝나자, 무대에 나왔던 모델들이 모두 다시 나와 자태를 뽐내고 인사하고 들어간다.

대구 제일모직 주차장에 가슴에 카네이션 꽃을 단 중공 귀빈들이 선물로 받은 케이크와 패딩 점퍼, 카시미론 이불 보따리를 들고 고속버스 앞에 모여들고 맹주억 교수가 메가폰을 들고 알린다.

"중공 귀빈 여러분 패션쇼 구경 잘하셨습니까? 오늘 밤은 대구 인터불고호텔에서 묵고 내일 아침나절에는 울산 현대자동차 공장을 견학하고 오전에는 울산 현대중공업과 울산 현대조선소를 견학하겠습니다. 모두 고속버스에 승차해 주십시오."

중공 귀빈들이 고속버스 4대에 나누어 다 타자 곧 출발해 간다.

27.

대구 인터불고호텔에서
중공 귀빈들이 하룻밤을 보낸다

중공 귀빈들을 태운 고속버스 4대가 대구 금호강 변 망우공원 앞을 지나 대구 인터불고호텔 정문을 통과해 주차장에 들어와 정차하자 모두 내린다.

대구 인터불고 스페인풍 뷔페식당에 중공 귀빈들이 들어와 의자에 앉고 인터불고호텔 권영호 회장이 나와서 인사말을 하자 맹주억 교수가 동시통역을 한다.

"중공 귀빈 여러분. 처음 뵙겠습니다. 대단히 반갑습니다. 저는 인터불고호텔 회장 권영호입니다. 오늘 밤은 대구 인터불고호텔에서 편안히 쉬시고 내일은 울산 현대자동차와 현대중공업과 현대조선소를 견학하시게 되겠습니다. 오늘 만찬은 중국식과 스페인식 뷔페로 차려 놓았으니 많이 드시고 편안히 쉬십시오. 그리고 저녁 식사가 끝나면 조선족 동포 4명은 남한에 와서 혹시 일가친척 이산가족들을 찾을 수도 있을 것 같아서 저를 좀 만나 뵈었으면 합니다. 식사가 끝나면 회장실로 저를 찾아오십시오. 차린 것은 별로 없지만 많이 드시고 하룻밤을 편안히 쉬었다 가십시오. 감사합니다."

인터불고 회장의 말이 끝이 나자, 중공 귀빈들이 줄을 서서 접시를 들고 중화요리 뷔페와 스페인 음식들을 담아다 원탁 테이블에 가져다 놓고 맛있게 먹기 시작한다.

28.

대구 인터불고 그룹 권영호 회장과 사촌 동생
조선족 권민중 중령의 이산가족 상봉이 이루어진다

　대구 인터불고호텔 회장실에 조선족 권민중, 리우진, 박애자와 아들 왕호걸이 응접실에 들어와 앉아서 인터불고 권영호 회장과 통성명을 하면서 인사를 나누고 있다.

　"중공 조선족 귀빈들을 만나 뵙게 되어서 대단히 반갑습니다. 저는 인터불고 그룹 회장 권영호입니다."

　악수를 청해 권민중, 리우진, 박애자, 왕호걸까지 악수하고 응접 테이블 앞 소파에 앉자, 권영호 회장이 차분히 말한다.

　"다름이 아니라, 중공 조선족이면 남한에도 일가친척이 있을 것 같은 예감이 들어서 이산가족을 찾아보려고 불러 모았습니다. 저는 한국 경상북도 울진에서 어부의 아들로 태어나고 자랐으며 **부산 동아대학교를 나와 원양어선 기관장으로 있다가 더 넓은 세상에서 국제적으로 사업을 펼쳐서 지금은 유럽의 스페인에 인터불고호텔과 골프장, 조선소, 아프리카 앙골라에도 조선소와 원양어선 42척을 운영하고 있으며 저의 국적은 스페인에 두고 있습니다. 한국에도 서울, 부산,**

　중공 민항기 북조선 평양 경유 남조선 춘천 미군 비행장 불시착!

대구, 원주, 강릉에도 호텔과 대구와 경산에 골프장이 있으며 부산 감천에는 참치 냉동 가공 공장 빌딩 등의 사업체가 있으며 인터불고 그룹 본사는 서울 잠실 석천 호수 앞에 있으며 아프리카 앙골라 총영사관까지 겸하고 있습니다. 인사가 늦었습니다. 이산가족 찾기 연고지에 대해서 허심탄회하게 좌담회를 하려면 모두 통성명을 해야 하겠지요. 저의 나이는 43세이고 인터불고 그룹 회장 권영호입니다. (권민중을 보면서) 연장자부터 자기소개를 해 주십시오."

권민중이 일어나 공손히 인사하고 앉아서 말한다.

"저의 성명은 권민중이고 37세이며 안동 권씨 문중이며 저의 고향은 중공 심양이며 저의 아버지 고향은 경상북도 울진이며 중일전쟁 때 대한 독립군으로 심양에 이주해 왔습니다. 저는 중공의 국가유공자 자녀 특례로 중공군에 입대해 들어가 좋은 대우를 받으면서 열심히 복무하고 있습니다."

권영호 회장의 얼굴이 붉게 달아올라 심각하고 중대한 표정을 짓더니 말한다.

"그렇다면 우리는 안동 권씨 문중의 사촌지간 형제들입니다."

권민중도 놀래면서 감격해서 말을 잊지 못한다.

"이렇게 갑자기 아버지가 태어난 나라 고향의 사촌 형제를 만난다니 꿈만 같습니다."

권민중과 권영호가 감격해 눈빛을 번뜩이면서 일어나 서로 굳게 악수하고 권영호 회장이 명함을 건네주면서 말한다.

"권민중 동생 중공 심양에 돌아가면 꼭 전화하십시오."

"중공과 남조선은 외교 관계를 맺지 않아 전화선이 없는데요?"

"중공 민항기 납치 사건도 남한에서 홍콩 주재 한국 총영사관으로 통보해 홍콩에서 중공 베이징으로 연결해 소통한 것처럼 형이 스페인 조선소나 앙골라 조선소에 있다면 심양에서 직통으로 전화할 수 있고 남한 서울에 내가 있으면 스페인이나 앙골라 인터불고 회사 교환원을 거치면 중공 심양에서 한국 서울에서도 전화 통화가 가능하니 염려 말고 전화하십시오."

"좀 번거롭고 복잡은 하나 형님과 전화 통화는 가능하겠습니다."

"저의 포부는 중공에 해양대학교를 지어주고 처음에는 우선 조선족들에게 기술을 가르쳐 선박의 선장, 기관장, 항해사, 해기사로 교육부터 실습 졸업 취직까지 해 줄 생각입니다. 권민중 동생, 중공 심양에 돌아가면 꼭 전화 주시고 저를 찾아와 주십시오."

"예. 제가 중공 로켓군부대장으로 복무하고 있는데 5월 한 달간 미사일 시범 발사와 5월 21일 상하이에서 태평양 길버트 군도에 원정, 출장 가서 무인도에 동펑 DF-5호 ICBM 대륙 간 탄도 유도탄 미사일을 무사히 발사해 성공하면 6월 한 달간 휴가가 있으니 그때 남조선 서울에 와서 형님을 찾아뵙겠습니다."

1983년 5월 9일 아침이 되자 중공 귀빈들이 대구 인터불고호텔 스페인풍의 뷔페에 속속 들어와 여러 가지 중화요리들과 스페인 음식들을 접시에 골라 담아 식탁에 가져가서 아침 식사를 한다.

인터불고호텔 주차장에 중공 귀빈들이 탈 고속버스 4대의 몸체 플래카드에 「**중공 귀빈 여러분! 울산 현대자동차와 현대조선소 견학을**

진심으로 환영합니다!」라고 한문과 한글로 쓰여 있는데 아침 식사를 마친 중공 귀빈들이 주차장에 모이더니 4대의 고속버스에 나누어 타자 연도에 인터불고호텔 직원들이 나와 박수 쳐 주고 손을 흔들어 주면서 환송한다.

중공 귀빈들을 태운 고속버스가 대구를 출발해 울산 현대자동차 공장을 향해 달리는데, 옛 신라의 고도 경주시를 거쳐 경부고속도로로 진입해 달리다가 언양 인터체인지에서 울산으로 향해 간다.

29.

현대자동차 공장을
중공 귀빈들이 견학을 간다

울산시에 진입한 중공 귀빈들을 태운 고속버스 4대가 울산 현대자동차 공장을 향하여 가자 저만치에 원경으로 현대자동차 공장이 눈앞에 펼쳐 보이는데 그곳을 향해 달려간다.

가까이 가자, 현대자동차 공장이 전경으로 보이더니 드디어 정문 앞에 와 정차하는데 정문 위에 **「중공 귀빈 여러분의 현대자동차 울산 공장 견학을 진심으로 환영합니다!」**라고 한문과 한글로 쓰여 있다.

경비원들이 정문을 열어 주고 고속버스 4대가 주차장으로 들어가는데 주차장에 정주영 회장과 경영진들이 나와서 반갑게 맞아 준다.

고속버스 4대에서 내린 120여 명의 중공 귀빈들이 모두 내리자, 지휘봉을 든 정주영 회장이 울산 현대자동차 홍보 역사관을 향하여 안내하여 들어간다.

현대자동차 홍보 역사관 안에 중공 귀빈들이 들어와 착석하자 정주영 회장이 나와서 인사하고 환영 인사를 하는데 맹주억 교수가 동시통

    중공 민항기 북조선 평양 경유 남조선 춘천 미군 비행장 불시착!

역을 한다.

"저는 현대자동차 정주영 회장입니다. 중공 민항기를 타고 오신 귀빈들을 진심으로 환영합니다. 이곳 현대자동차 홍보 역사관에서 현대자동차의 과거와 현재의 역사 전체 과정을 중국어 영상물로 만들어 놓았으니 시청하시고 밖으로 나가시면 현대자동차의 넓은 공장은 안내 버스를 타고 자동차 공장 전체를 돌아보게 될 것입니다. 그러면 현대자동차의 홍보 역사 박물관 관장에게 사회를 넘기겠습니다."

정주영 회장이 들어가고 박물관장이 나와서 인사하고 중국어로 말한다.

"저는 현대자동차의 홍보와 해설을 맡은 홍보 역사 박물관장 김복동입니다. 현대자동차 홍보 역사 영상물을 저의 중국어 목소리로 해설을 닮았으며 이해하기 쉽게 관련 사항은 동영상으로 만들었습니다. 자, 그러면 홍보관 불을 끄겠습니다. 영상물을 감상하시길 바랍니다."

현대자동차 홍보 역사관 실내등이 꺼지자 잠시 후 스크린에 영상물이 흘러나오는데 박물관장이 중국어로 해설을 진행한다.

"현대그룹 산하에는 현대자동차, 현대건설, 현대중공업, 현대조선소, 현대 상운, 현대시멘트 등 여러 계열 회사가 있습니다. 현대그룹은 모두 정주영 회장님이 창업한 회사들입니다. 정주영 회장님은 1915년 11월 25일 지금의 북조선 강원도 통천군 송정면 아산 마을의 세 칸짜리 초가에서 소작농 집안 8남매의 장남으로 태어났습니다. 통천 송전 소학교를 졸업하고 고향에서 가출하여 기회의 땅 남한 서울에 상경하여 처음에는 연신내 엿 공장 심부름꾼을 시작으로 엿 장사를 하다가 엿 공장 사장님의 쌀가게의 점원으로 채용되어 성실히 근무해 그 돈을 모아 쌀가게 경영권을 인수하여 쌀가게 주인이 되었습니다."

첫 번째 스크린에는 어린 소년 정주영이 엿목판에 엿을 가득 쌓아 담아놓고 멜빵으로 목에 걸고 소리치면서 길거리에서 엿가위를 치면서 엿을 파는 장면이 보인다.
"맛있는 울릉도 호박엿 사시오! 맛있는 울릉도 호박엿이 왔어요!"

두 번째 스크린에는 청소년 정주영이 서울의 쌀가게 부흥상회 앞에서 자전거에 80㎏짜리 쌀가마니 3개를 실어 묶더니 콧노래를 부르면서 신나게 달려가는 모습이 보인다.
"쌀가게 주인이 되었으나 일본 정부의 쌀 배급제도가 실시되어 1년 만에 문을 닫고 말았습니다."

이번에는 스크린에 청년 정주영이 서울 아도 자동차 정비회사에서 쾌활하게 콧노래를 불으면서 자동차를 닦고 타이어를 조이고 기름칠하는 모습이 보이더니 겹쳐서 화재로 전소되는 장면이 보이고 겹쳐서 가건물 자동차 정비업소가 나타나더니 사시가 내려지고 폐업 공고문이 나붙는다.

"이번에는 빚을 얻어 시작한 아도 자동차 정비회사가 문을 연 지 20일 만에 화재로 전소되고 말았습니다. 또다시 빚을 얻어 현대자동차 정비업소로 재기했으나 1942년 5월 일본의 가미가제 특공대가 태평양 미국 해군기지 진주만 함대들을 나무로 만든 제로 비행기로 기습

중공 민항기 북조선 평양 경유 남조선 춘천 미군 비행장 불시착!

공격하는 전쟁 도발로 무기가 부족해지자 군수물자 쇠붙이, 구리, 아연 등 공출하여 지원하라는 하명과 동원 명령이 내려져 기업 정리 령에 의해 정주영 회장님의 자동차 정비업소가 일본 정부에 빼앗겨 폐업하고 맙니다."

현대자동차 박물관장이 말을 이어간다.
"미국이 신무기로 첫 번째 1945년 8월 6일 히로시마에 원자폭탄을 투하했으나 그래도 버티자 두 번째로 8월 9일 나가사키에도 원자폭탄을 투하하자 감당할 수 없는 수많은 사상자가 발생하자 비로소 두 손을 번쩍 들고 투항해 나와 종전선언을 하게 됩니다."

스크린에는 일본 히로시마와 일본 나가사키 두 도시에 원자폭탄이 투하되어 터져서 쌍 버섯구름이 치솟아 올라 쑥대밭이 되어 몇십만여 명이 죽고 살아서 아우성치는 비참한 두 도시의 장면이 오버랩으로 나온다.

스크린에 1945년 8월 15일 일본 히로히토 왕이 세계 만방에 「무조건 항복하겠다!」고 전 세계를 향하여 라디오로 공개 방송하는 장면이 나오고.

스크린에 미국 해군 미조리호 함상에서 「일본의 항복조인식」장면이 나온다.

"1945년 8월 15일 해방이 되고 정주영 회장님은 이듬해 1946년 4월에 **현대자동차공업사**를 다시 설립하고 1년 후 **현대토건사**를 설립해 1950년 1월에 **현대자동차공업사와 현대토건을 합병**하여 **현대건설주식회사**를 다시 설립해 일을 순조롭게 진행하는데 1950년 6월 25일 예고도 없이 한국전쟁이 터지고 말았습니다."

스크린에 그해 1950년 6월 25일 예고도 없는 **한국전쟁**이 발발하는 모습이 나오는데 **북한군이 소련제 탱크들을 몰고 서울 한강대교를 물밀듯이 넘어오는 모습이 나온다.**

며칠 후에 한강대교를 남한 아군 공군 폭격기가 폭격하는 모습이 나온다.

잠시 후 폭파된 서울 한강대교를 모르고 북한군이 소련제 탱크들을 몰아가다가 한강 물에 탱크가 첨벙! 첨벙! 침몰 되고, 피난민들이 폭파된 한강대교 난간을 붙잡고 건너가다가 한강 물에 첨벙! 빠져 죽고 어떻게든 살아 보려고 몸부림치면서 허우적거리면서 필사적으로 건너는 처절한 모습들이 가엽고 불쌍해서 비참하게 보인다.

"1950년 9월 15일 유엔군 더글러스 맥아더 사령관이 병력 7만 5천 여 명과 261척의 해군함정을 투입하여 인천상륙작전을 성황리에 실시하여 서울과 남한 전부를 되찾고 휴전선을 넘어 북진하여 1950년 10월 25일 이승만 대통령이 정격적으로 평양을 방문해 시민대회를 개최하고. 10월 27일 평양탈환 경축대회 행사를 열어 주고. 11월 30일에는 북한 압록강 앞 초산과 북한 청진까지 점령하여 북한 땅 4

분의 3을 점령하여 통일이 눈앞에 다가오는 듯했었습니다. 정주영 회장님은 피난살이를 부산에서 하는데 동생 정인영이 미군사령부의 통역장교로 근무하여 덕분에 서울에서 하던 토목사업을 계속할 수 있었고 서울 수복 후 미8군 발주 공사를 거의 독점하게 됩니다. 한국전쟁 직후 현대건설은 전쟁으로 파괴된 도시와 교량, 도로, 집, 건물 등을 복구하면서 승승장구하게 됩니다. 한국전쟁 때 아군인 남한 공군 전투기가 파괴한 한강대교 복구와 인천항만 도크 복구 공사 등을 수주하여 **한국 건설 1위 현대건설회사가 됩니다.** 건설시장이 급증하자 1964년 6월 현대시멘트 공장도 완공하고 1965년에는 태국 파티니 나라티왓 고속도로를 건설하였으며 1967년에는 **현대자동차주식회사를 다시 설립합니다.**"

스크린에 1968년형 **코티나 승용차** 모델이 나오고 1975년형 **포니 승용차** 모델이 나오고 1978년형 **그라나다 승용차** 모델이 나오고 연달아 1983년형 **스텔라 승용차** 모델이 나타난다.

"현대자동차주식회사를 설립한 지 1년 만에 1968년에는 코티나 승용차를 생산하고, 1975년에는 포니를 생산하고, 1978년에는 그라나다 승용차를 생산하고, 1983년에는 스텔라를 생산해 냈습니다. 1975년 한국 최초 독자 고유모델 승용차 포니를 50여만 대를 생산해 가나다에도 전량 수출을 했습니다."

스크린의 영상물이 끝나고 실내 등이 환하게 들어온다.

박물관장이 나와서 다음 순서를 중국어로 알린다.

"홍보관을 나가시면 코티나 코스, 포니 코스, 그라나다 코스, 스텔라 코스 등 4군데 공장별로 4대의 안내 버스들이 나와 있으니, 취향에 따라 골라 타시고 중국어 안내원의 지시에 잘 따라주시기를 바랍니다. 감사합니다."

카메라가 가장 많이 팔려 50만 대를 가나다에 수출한 포니 승용차 공장을 골라 따라가 본다.

경남 울산시 현대자동차 홍보관 앞에 중공 귀빈들이 나와서 4군데 안내 버스를 줄줄이 타고 지나가고 사거리에서 사방으로 떠나가는데 대규모의 자동차 공장 조립 동들이 눈에 들어온다.

현대자동차 프레스 공정 라인에 컨베이어시스템을 타고 대형 철판이 들어와 멈추고 직원이 버튼을 누르자 **포니 승용차**의 몸체를 이루는 올록볼록 요철된 대형 프레스 기계가 내려와 포니 승용차량의 외형을 올록볼록하게 덜커덩! 찍어내는 공정을 중공 귀빈들이 견학을 하고 다음 공정으로 이동해 간다.

현대자동차 차체조립 공정 라인에서는 직원들이 컨베이어시스템을 타고 포니 엔진과 차체 뼈대에 바퀴를 달고 깡통 포니 승용차가 들어오자, 프레임에 사이드 패널과 본네트, 도어 등을 이어 붙여 차량의 구조를 구성해 나가는 공정을 진행하는데 중공 귀빈들이 견학을 하고 다음 공정으로 이동해 간다.

중공 민항기 북조선 평양 경유 남조선 춘천 미군 비행장 불시착!

중공 귀빈들을 태운 안내 차들이 유리 벽으로 완전 밀폐된 도장 공장 앞에 멈추더니 견학을 한다.

현대자동차 유리 돔, 도장 공장 라인에서는 사방이 유리 벽으로 밀폐된 칸막이가 되어 있고 천장에 대형 환풍기. 선풍기와 흡입기가 장치되어 연신 돌아가는데 컨베이어시스템을 타고 들어온 차체에 도장 기술자들이 모자가 딸린 방진복을 입고 마스크와 보안경으로 완전 무장 하고 스프레이 페인트 로봇들과 어우러져 차량의 외관에 아름다운 색채로 도색을 하고 건조하더니 세련되고 미려한 차량의 모습으로 변모해 나가는 모습을 유리창 너머에서 중공 귀빈들이 견학을 하고 다음 공정으로 이동해 나간다.

현대자동차 조립공정 라인에서는 직원들이 차량의 문을 다 열어 놓고 실내와 실외의 부품과 유니트를 장착하여 상품으로서 완성 차량으로 마무리해 놓고 컨베이어시스템을 타고 넘어가자, 중공 귀빈들이 견학을 하고 다음 공정으로 이동해 간다.

현대자동차 검수 공장에 완성된 차들이 넘어와 있는데 앞, 뒤, 바퀴 정렬과 속도계, 조명등, 제동력, 주행성, 배기가스, 방수 등의 다양한 계측 기계 내관 검사와 외관 검사를 진행한 후에 합격한 차들만 주유를 하고 줄줄이 **출고장으로 가서 멈추자**, 노란색 조끼를 입은 운전기사들이 다 타더니 줄지어 운전해 나가는 모습을 중공 귀빈들이 견학을 하고 버스를 타고 다음 장소로 이동해 간다.

중공 귀빈들이 전망대에 올라와 형형색색의 각종 수출용 차들이 끝없이 펼쳐져 주차장에 정렬해 있는 광경을 보고 놀란다.

중공 귀빈들이 탄 버스가 이동해 자동차 선적 전용 부두를 향해 가서 견학을 한다.

각양각색의 차종들이 끝없이 펼쳐져 주차해 있는데 우선순위의 수출용 차들이 울산만 차량 부두에 정박해 있는 5만 톤급 **자동차 전용 운반선 3척**에 보라색 조끼를 입은 운전기사들이 수출용 자동차에 다 타더니 줄지어 운전해 연신 선적선에 올라 들어간다.

중공 귀빈들이 넋을 잃고 견학을 하는데 맹주억 교수가 중국어로 말한다.

"자동차 전용 선박의 길이는 200여 m이고 높이는 아파트 15층 높이입니다."

중공 귀빈들이 다시 현대자동차 홍보관 의자에 앉아서 정주영 회장이 말하고 맹주억 교수가 중국어로 동시통역을 하는 데 중공 귀빈들이 듣고 있다.

"지금 한국은 유럽과 미국, 케나다, 중동 등에서 일거리가 많이 생겨서 60여 만 명이 한국을 떠나 타국에서 열심히 일하고 있어서 한국 내에서는 일꾼들을 50%밖에 구하지 못하는 형편입니다. 중화인민공화국과 국교가 맺어지면 여러분도 한국에 와서 일할 수 있습니다. 저는 그런 날이 빨리 오기를 바랍니다. 중공 귀빈들에게 현대자동차를 방문해 주신 기념품으로 자동차 정비 종합 공구 세트와 한국의 전통

고려인삼 선물 세트를 드리려고 합니다. 홍보관을 나가실 때 기쁘게 받아 가시길 바랍니다. 다음 견학할 곳은 건너편에 있는 현대중공업과 현대미포조선소입니다. 감사합니다."

「짝! 짝! 짝! 짝! 짝!」

중공 귀빈들이 박수 쳐 준다.

30.

현대미포조선소 공장을
중공 귀빈들이 견학을 간다

중공 귀빈들이 탄 고속버스 4대가 현대자동차 직원 기숙사 아파트 벚꽃 나무 숲속을 지나 해안도로를 달리고 있는데 저만치 원경으로 **현대미포조선소 공장과 골리앗 크레인**이 눈앞에 들어온다.

중공 귀빈들이 탄 고속버스 4대가 가까이 가자, 현대미포조선소 공장이 전경으로 나타나더니 정문 앞에 정차하자 정문 위에 「**중공 귀빈들의 현대미포조선소 방문을 진심으로 환영합니다!**」라고 한문과 한글로 쓰여 있다.

경비원들이 문을 열어 주자, 고속버스 4대가 주차장에 들어와 선다.

주차장에는 현대미포조선소 정몽준 사장과 임원진들이 마중 나와서 고속버스에서 내린 120여 명의 중공 귀빈들을 반갑게 맞아서 현대조선소 홍보관으로 안내하여 들어간다.

현대조선소 홍보관에 들어온 중공 귀빈들이 모두 자리에 앉아 정몽준 사장이 나와서 환영사를 하는데 맹주억 교수가 동시통역을 한다.

"저는 현대조선소 정몽준 사장입니다. 중공 귀빈들을 만나 뵙게 되어 대단히 반갑습니다. 현대미포조선소 공장 견학을 진심으로 환영합니다. 현대조선소 홍보관에서 현대조선소의 과거와 현재의 발자취를 영상물로 보시고 난 후에 현대조선소 안내 버스를 타고 현대조선소 전체를 둘러보게 될 것입니다. 그러면 현대조선소 영상물을 시청하시겠습니다. 감사합니다."

홍보관 실내등이 꺼지고 현대조선소 홍보 영상물이 흘러나오는데 현대조선소 홍보관 관장이 중국어로 설명을 진행한다.

"현대그룹 정주영 회장님은 현대조선소를 짓기 위해 차관을 얻으려고 미국과 일본에 먼저 찾아갔으나 빈손으로 돌아오고 맙니다. 이번에는 정주영 회장님이 1971년 9월에 조선소 사업계획서와 울산 어촌 미포만 백사장에 조선소를 짓겠다고 찍은 큰 사진 여러 장만 달랑 들고 영국 은행에서 돈을 빌리기 위해 한국을 떠납니다."

화면에 정주영 회장과 현대 임원진들 일행이 김포국제공항에서 여객기를 타고 한국을 떠나는 장면이 나타난다.

"곧바로 영국 로키드 공항에 도착한 정주영 현대그룹 회장과 임원진들이 택시를 타고 **영국 버클레이 은행**을 찾아가서 부총재를 만납니다. 정주영 회장님은 통역사와 함께 인사를 나누고 서류봉투에서 영국 영어로 쓴 어설픈 현대조선소 사업계획서와 울산 어촌 미포만 백사장을 찍은 큰 사진 여러 장을 꺼내 놓고 말합니다. 이것은 조선소 사업계획서이고 이 사진들은 현대조선소 부지 사진입니다. 한국의 경남 울산시 어촌 미포만 넓은 백사장에 조선소를 지으려고 합니다. 한국에 영국 버클레이 은행 차관으로 돈을 좀 빌려주십시오. 현대조선소를 지어서 배를 수주하여 그 배를 건조해 팔아서 차관을 갚을 테니 돈을 좀 빌려주십시오."

영국 버클레이 은행 부총재가 말한다.

"한국이 영국 은행에서 차관을 받을 여면 영국 선박 컨설턴트 기업에서 만든 첫째 사업계획서와 둘째 추천서를 받아와야 하며 세 번째 최종적으로 배를 수주받은 발주확인서를 받아와야 합니다."

정주영 회장이 말한다.

"예. 빠른 시일 내에 사업계획서와 추천서, 선박 발주확인서를 받아오겠습니다."

빈손으로 한국에 돌아온 정주영 회장이 궁리 끝에 묘안을 다시 짜내 경영진과 통역사와 함께 영국을 다시 찾아가서 이번에는 영국 선박 컨설턴트 기업체에 자문을 받으려고 찾아들어 간다.

정주영 회장님은 영국 선박 컨설턴트 기업인 A&P 애플도어의 찰스 롬바톰 회장님과 정중이 인사하고 대면하여 상담을 하는데 비관적인 말만 한다.

"한국 배를 살려는 사람도 나타나지 않고 현대건설의 상환 능력과 잠재력도 믿음직스럽지 않아 힘들 것 같습니다."

정주영 현대그룹 회장님은 주머니에서 거북선이 그려진 한국 지폐 500환짜리를 꺼내 테이블 위에 펴 놓으면서 말한다.

"이 돈은 영국에 의탁해서 인쇄한 한국 돈 500환짜리 지폐인데 이걸 잘 보십시오. 이 그림은 철갑 군함 거북선이며 우리 선조들은

1500년경에 철갑 거북선을 만들어 일본군과의 전쟁에서 백전백승했습니다. 한국이 가지고 있는 잠재력이 영국에 의탁해 찍은 한국 돈, 이 안에 똑바로 고스란히 담겨 있습니다."

찰스 롬바톰 회장님은 의자를 당겨 앉으며 지폐를 들고 꼼꼼히 살펴보기 시작한다.

앞면에는 한국의 국보 1호 숭례문이 있고 뒷면에는 바다에 떠 있는 철갑 거북선이 뽐내고 있었다.

"정말로 당신네 선조들이 1500년경에 철갑으로 거북선을 만들어 전쟁에서 사용했다는 말입니까?"

"예. 그렇습니다. 우리나라 이순신 장군이 세계 최초로 만든 철갑 거북선입니다. 한국은 그런 대단한 역사와 두뇌를 가진 나라입니다. 모든 방면에서 잠재력만은 무궁무진한 나라입니다. 우리 현대건설도 자금만 확보된다면 훌륭한 조선소와 최고의 배를 만들어 낼 것입니다. 찰스 롬바톰 회장님 영국 버클레이 은행에 추천서를 보내 주십시오."

찰스 롬바톰 회장이 잠시 생각한 뒤 지폐를 내려놓고는 손을 내밀어 악수를 청하고 말한다.

"당신은 당신네 나라 조상들에게 감사해야 할 것입니다."

찰스 롬바톰 회장이 얼굴에 환한 미소를 띠면서 말한다.

"거북선도 대단하지만 당신도 정말 대단한 사람이요. 당신이 정말 좋은 배를 만들기를 응원하겠습니다."

현대조선소 홍보관 관장이 중국어로 말한다.

"정주영 회장님은 천신만고 끝에 영국 선박 컨설턴트 기업체 찰스

롬바톰 회장님이 소개해 주는데 선박 하면 세계 최고로 알려진 그리스인 리바노스를 추천해 줍니다. 리바노스는 선박왕 오나시스(재취. 부인 재클린 오나시스. 미국 제35대 대통령 존 에프 케네디 영부인 재클린 케네디) 처남입니다. 정주영 회장님이 수소문하여 리바노스에게 연락합니다. 리바노스가 스위스의 그의 별장에 있으니 자가용 비행기를 보내 줄 테니 정주영 회장님과 통역사와 경영진들을 대동하고 직접 찾아와서 계약을 하자는 겁니다. 정주영 회장님은 리바노스가 보내 준 자가용 비행기를 타고 스위스로 날아가 리바노스의 별장에서 만나 유조선 2척을 첫 번째 주문을 받습니다. 이렇게 어려웠던 마지막 관문을 넘었습니다."

현대조선소 홍보관 관장이 이어서 중국어로 말한다.

"한국에 돌아온 정주영 회장님은 유조선 건조와 조선소 건조를 병행해서 진행합니다. 스웨덴에서 배 만드는 설계사를 모셔 와서 배 만드는 일들을 배우면서 배를 만듭니다. 1970년 12월에 그리스에서 26만 톤급 유조선 2척을 계약하고 1972년 3월 조선소 기공 1974년 6월 현대조선소 1, 2호선 준공. 1976년 7월 사우디 주베일 산업 항을 건설했으며 1974년에는 **한국 최초로 초대형 유조선 아트란틱호를 인도**한 이래 1980년 **자동차 운반선 현대 넘버원호를 건조**하면서 오늘에 이르렀습니다. 드릴 십 시추선, 유조선, LNG선, 크루즈선, 컨테이너선, 화물 승객 겸용 운반선, 잠수함, 해군함선 등 다양한 선박을 전 세계에서 주문받아 만들고 있습니다. 연간 60척의 선박을 건조하며 세계 선박 시장의 20%를 공급하고 있습니다. 전 세계 여러 나

중공 민항기 북조선 평양 경유 남조선 춘천 미군 비행장 불시착!

라에서 100% 주문을 받아 선박을 건조하고 있으며 종사자들도 32개 국 여러 나라에서 와서 배우면서 일하고 있습니다. 1983년에는 **한국의 현대조선소가 세계 선박 시장 점유율 1위**로 세계적인 현대조선소가 될 것 같습니다. 감사합니다."

홍보관 스크린의 영상물이 꺼지자, 실내조명등이 환하게 들어온다.

현대조선소 정몽준 사장이 나와서 다음 순서를 알리는데 맹주억 교수가 중국어로 동시통역을 한다.

"현대조선소 홍보관을 나가시면 안내 버스들이 대기하고 있습니다. 중국어 안내원들이 귀빈들을 모시고 안내와 설명을 해드릴 것이니 잘 따라주시길 바랍니다. 감사합니다."

중공 귀빈들이 탄 안내 버스들이 울산 현대미포조선소 프레스 공장 앞에 와서 견학을 하고 있다.

기술자들이 버튼을 누르자 육중한 **프레스 공작기계**가 두꺼운 철판 위에 내려와 철커덩! 하고 잘라내고 구부리고 접어 놓자, 컨베이어시스템이 움직이더니 옮겨 놓는다.

여러 가지 형태로 제작된 철판들이 지게차에 실려 작은 조립 공장으로 옮겨 오자, 전체의 내부를 형성할 부자재와 의장품들을 기술자들이 익숙한 솜씨로 용접해 이어 붙여서 제작해 놓자 제법 큰 배의 몸체가 되어 간다.

중공 귀빈들이 탄 안내 버스들이 현대조선소 큰 조립 공장 앞에 와

서 견학을 하고 있다.

작은 조립 공장에서 제작된 여러 형틀을 트레일러트럭으로 실어 오고 이동용 골리앗 크레인들이 옮겨주면 작은 조립품들을 모아 붙이고 **대형 조립 공장**에서 이어 붙여 각종 큰 블럭들이 만들어지고 있다.

블럭 조립 공장에서는 선체의 중앙 평행 부문 블럭과 곡면 블록 들이 떨어져 있는 데 이어 붙여 조립하고 있다.

중공 귀빈들이 안내 버스를 타고 골리앗 크레인 건조 도크 앞에 와서 견학을 하는데 150m 골리앗 크레인에 압도되어 놀랜다.

물 빠진 도크에 크게 조립된 블럭들이 대형 트레일러트럭에 실려 견인차로 끌고 와 골리앗 크레인으로 도크에 옮겨 놓고 배를 조립 용접하자 **초대형 유조선**으로 둔갑해 가는데 한쪽에서는 스프레이 페인트 로봇들과 도장 기술사들과 합세하여 한창 도장 공사를 진행해 오고 있다.

31.

중공 귀빈들이
초대형 선박 진수식 행사장에 참석한다

중공 귀빈들이 초대형 선박 진수식 행사장에 초청되어 내빈석에 앉아 있다.

세계 선박 발주 2인자 리바노스 선주와 그의 매형 세계 선박 발주왕 오나시스와 선박 컨설턴트 애플도어의 찰스 롬바톰 회장이 초청되어 정주영 회장과 나란히 앉고 선주부인과 친지들, 외빈들, 현대조선소 임직원들과 중공 귀빈들이 참석한 가운데 만국기로 치장된 초대형 선박 앞에서 해군 군악대와 해군 합창단을 총동원하여 거창하고 웅장하게 팡파르를 울리면서 초대형 선박 진수식이 거행되고 있다.

선주 부인이 단상에 올라가 비탈져 미끄러운 틀에 묶여 있는 유조선에 연결된 밧줄을 손도끼로 내려쳐 절단하자 육상에 거대하게 서 있던 초대형 유조선이 경사로에서 미끄러져 내려와 바닷물에 침몰 되듯이 첨벙! 하고 기우뚱 갸우뚱 눕더니 오뚝이처럼 다시 툭! 툭! 털고 일어나서더니 잠시 후

「부우웅! 부우웅! 부우웅!」

뱃고동을 울리면서 시 운전해 쏜살같이 달려 나간다.

초대형 선박 진수식에 참석한 내빈들과 행사 요원들, 중공 귀빈들과 현대조선소 임직원들이
「짝! 짝! 짝! 짝! 짝!」
우렁차게 박수를 쳐 준다.

중공 귀빈들이 점심은 선박 진수식 파티장에서 먹는다.
선박 진수식이 끝나자, 동서양 뷔페식 파티장에서 내빈들과 행사 요원들, 중공 귀빈들과 현대조선소 임직원들이 줄줄이 줄을 서 진수 성찬으로 차려진 동서양 뷔페 음식들을 접시에 골라 담아 식탁 위에 가져다 놓고 담소하면서 맛있게 먹는다.

울산 현대조선소 주차장 고속버스 4대 앞에 중공 귀빈들이 한 명, 두 명 모여들자, 현대조선소 임직원들이 부부 운동복 선물 세트와 1인용 침대 커버만큼 큰 선박 진수식 사진이 새겨진 기념 타월을 나누어 주자 받아 들고 주차장에 메가폰을 들고 있는 맹주억 교수 앞에 모두 집합하자 중국어로 말한다.

"중공 귀빈 여러분, 현대조선소 견학 잘하셨습니까? 서울에서 기쁜 소식이 전달해 왔습니다. 대한민국과 중화인민공화국과 중공 민항기 납치 사건을 5차에 걸친 마라톤협상 끝에 내일 6차 마무리 협상만 남았으니 한국 산업체 견학을 중단하고 중공 귀빈들을 서울로 모셔 오라는 명령이 떨어졌습니다. 빨리 서울로 올라가서 귀국 준비를 하셔야

하겠습니다. 어서 고속버스에 오르십시오. 감사합니다.”

중공 귀빈들이 고속버스에 다 타자 곧 떠나는데 현대조선소 임원진들이

「짝! 짝! 짝! 짝! 짝!」

박수 쳐 주고 서로 손을 흔들어 주면서 헤어진다.

32.

중공 귀빈들이 귀국 준비를 하려고
울산에서 서울을 향해 출발한다

4대의 고속버스가 해안도로를 달리는데 바다에는 해난구조선, 소방선, 예인선, 원유 채굴 운반선과 원형의 채굴 유조 탱크 유조선과 인명구조선, 해상과 육상에도 초대형 골리앗 크레인들이 숲을 이르고 있다.

중공 귀빈들을 태운 고속버스 4대는 태화강 변 꽃길 현대조선소 직원아파트 숲속을 지나 울산 번화가 시가지 방어진지 앞을 달려간다.

울산시가지를 벗어난 고속버스 4대가 시원스럽게 탁 트인 농촌 마을을 달리더니 사방팔방으로 교차해 있는 언양 인터체인지를 휘돌아 들어가서 경주 첨성대가 있는 곳을 지나 대구를 거쳐 경부고속도로로 진입해 들어가더니 상쾌하게 달려간다.

중공 귀빈들의 간식시간이 되자 충청도 금산 인삼랜드휴게소에 정차한다.

중공 귀빈들이 내려서 기지개를 켜고 긴 호흡을 하더니 메가폰을 든

중공 민항기 북조선 평양 경유 남조선 춘천 미군 비행장 불시착!

맹주억 교수 앞에 모이자 알린다.

"중공 귀빈 여러분, 여기는 금산 인삼랜드휴게소입니다. 이곳 휴게소 화장실에서 생리현상을 해소하시고 고려인삼 칼국숫집에 들어가서 인삼 칼국수를 간식으로 드시고 인삼 생즙 팩 선물 세트를 주문해 놓았으니, 선물로 받아 가시길 바랍니다. 감사합니다."

중공 귀빈들이 화장실을 먼저 갔다가 인삼 칼국숫집으로 들어간다.

중공 귀빈들이 인삼 칼국수를 맛있게 먼저 먹고 인삼 생즙 팩을 따서 마신다.

홀가분한 마음으로 중공 귀빈들이 인삼 생즙 선물 세트를 받아 들고 고속버스에 타자 대전을 거쳐 신갈분기점을 지나 사방이 산으로 둘러싸인 터널을 통과해 나와 서울을 향해 내달리기 시작한다.

판교 분기점 인터체인지에서 고속버스 4대가 유턴하여 서울 워커힐 호텔 숙소를 향하여 달려간다.

광나루 다리 길을 진입해 들어간 고속버스 4대가 워커힐호텔을 향해 오르더니 현관 앞에 1호 차부터 4호 차까지 차례로 중공 귀빈들이 내리는데 미리 핸드카를 가지고 나온 60여 명의 호텔 직원들이 반겨 맞고 중공 귀빈들이 고려인삼 선물 세트와 부부 운동복 선물 세트, 선박 진수식 기념 타월과 인삼 생즙 선물 세트를 가지고 내려서 먼저 현관으로 들어간다.

로비에 들어온 중공 귀빈들이 메가폰을 든 맹주억 교수 앞에 모여들자 알린다.

"중공 귀빈 여러분, 그동안 한국의 산업체 견학을 하시느라 대단히 수고가 많았습니다. 내일이면 한국을 떠나 중공 고향 땅에 귀국할 것 같습니다. 지금 지닌 선물들은 먼저 객실에 가져다 놓고 나오셔서 중공 귀빈 여러분이 고속버스 짐칸에 그동안 받아서 보관한 선물 세트들은 워커힐호텔에서 지원 나온 직원들이 호텔 객실에 핸드카로 실어서 가져다 옮겨 드릴 테니 끝나면 바로 나오셔서 이른 저녁을 먼저 먹고 귀국 준비를 하셔야 합니다. 중공 귀빈들이 저녁을 먹는 동안 워커힐 호텔 직원들이 여러분들의 주소와 성함이 새겨진 견고한 플라스틱 박스를 가지고 올라와 귀국 박스를 꾸려드릴 것입니다. 귀국 박스를 다 싣고 나가면 사우나 목욕탕에 찾아가서, 목욕을 하시고 편안히 쉬시길 바랍니다. 조금 있다가 문 앞에 객실 번호와 이름이 새겨진 비닐봉지를 문고리에 걸어 놓을 테니 그 비닐봉지에 빨랫감들이 나오면 담아 문 앞 복도에 내놓아 주시면 밤사이 말끔히 세탁해 아침에 입도록 호텔 호실에 배달해 드리겠습니다. 어서 올라가십시오. 감사합니다."

모두 호텔 객실 문을 열고 들어가 현관 앞에 손에 든 선물들을 놓고 나와 엘리베이터를 타고 남은 선물 세트들을 가지러 내려간다.

중공 귀빈들이 받아놓은 선물 세트들이 너무 많아 워커힐호텔 직원들이 선물 세트들을 핸드카에 싣고 여러 번 엘리베이터를 타고 올라가 호텔 객실에 선물 세트들을 들여놓고 나온다.

워커힐호텔 중화요리 대식당에 중공 귀빈들이 속속 들어와 접시를 들고 뷔페 식단에서 여러 가지 음식들을 골라 담아 식탁에 가져와 이른 저녁을 맛있게 먹는다.

중공 민항기 북조선 평양 경유 남조선 춘천 미군 비행장 불시착!

호텔 직원들이 접힌 플라스틱 귀국 박스와 청 테이프, 포장 끈과 가위와 커터 칼과 풍선용 펌프를 들고 객실 앞에 한 명씩 배치되어 잠시 기다리고 있다가 객실 주인들이 문을 열어 주자 함께 들어간다.

중공 귀빈 두 명의 객실 주인들이 그동안 자기들이 받은 선물 세트들을 키 제기하여 가지런히 바닥에 늘어놓자, 산더미 같다.

호텔 직원이 귀국 박스를 만들어 청 테이프를 붙이고 바로 세워놓고 선물 세트들을 가지런히 정리해 담아놓고 박스가 조금 비자 마지막에 비닐 풍선을 불어서 채워 놓고 뚜껑을 닫아 청 테이프를 붙이고 포장 끈으로 단단히 묶어서 마무리 짓더니 현관문을 열어 주자, 귀국 박스 2개를 복도에 내놓는다.

복도에 귀국 박스가 하나, 둘, 셋 나와서 쌓여 가자, 호텔 직원들이 핸드카를 끌고 와 담아서 엘리베이터를 타고 1층으로 내려간다.

워커힐호텔 1층 로비에 밴딩 기계가 설치되어 귀국 박스에 재차 실하게 밴딩 처리를 해서 현관 앞에 쌓아 놓자, 지게차가 들어와 귀국 박스들을 가지고 현관 밖으로 나와서 차도에 대기해 있는 대한항공 짐 트럭 지붕이 하늘로 향해 열린 트레일러트럭에 싣는데 귀국 박스가 다 차자 지붕이 내려와 닫히고 짐차는 김포국제공항을 향해 떠나가고 다시 대한항공 빈 짐 트럭이 들어와 정차하더니 지붕을 하늘로 열어 놓고 기다린다.

중공 귀빈들의 귀국 선물 박스를 가득 실은 대한항공 트레일러트럭들이 김포국제공항 정문을 통과해 들어가서 또 다른 중공 협상단을 싣고 온 중공 민항기 대형 보잉 707기 짐칸 앞에 트레일러트럭들이 정차하고 지붕을 열자, 지게차가 와서 짐을 중공 민항기 짐칸에 옮겨 싣기 시작한다.

워커힐호텔 3층 박애자의 객실에는 컬러 TV가 켜져 있는데 박애자와 왕호걸이 객실 목욕탕에서 목욕을 하고 운동복으로 갈아입고 박애자가 머리를 털면서 한 손에는 **빨랫감들**이 담긴 비닐봉지를 가지고 나와서 말한다.

"호걸아. 방에 있는 **빨랫감들**과 이 **빨랫감들**을 비닐봉지에 몽땅 담아서 객실 문 앞 복도에 내놓아라."

"예. 엄마."

호걸이가 **빨랫감**이 담긴 비닐봉지를 받아서 객실에 남은 **빨랫감들**을 몽땅 담아서 객실 문을 열고 내놓고 문을 닫는다.

박애자가 컬러 TV를 보면서 기초화장을 시작한다.

워커힐호텔 객실 앞 복도에 나들이옷과 모지 등 **빨랫감들**이 담긴 비닐봉지들이 소복이 쌓여 가자, 세탁부 직원들이 핸드카를 끌고 들어와서 **빨랫감들**을 수거 해간다.

전기 차 화통이 이불 실은 핸드카와 커튼 실은 핸드카 **빨랫감들**을 실은 핸드카들을 줄줄이 연결해 끌고 세탁 공장을 향해서 꼬부랑길을 넘어가더니 문이 활짝 열려 있는 세탁 공장 안으로 전기 차를 몰고 들어간다.

워커힐호텔 세탁 공장 큰 건물 안에서는 등치가 크고 작고 길이가 길고 짧은 여러 세탁기가 자기 기능에 맞춰서 세탁물들을 끌어안고 바삐 돌아가고 큰 세탁기 롤러 앞에서는 2명의 세탁기사가 초벌 세탁한 이불들을 쌓아 놓고 이불 귀퉁이를 붙잡고 롤러에 올려주고 반대편에서는 세탁이 다 되고 바싹 말린 이불들이 자동으로 나와 개켜서 쌓인다.

작은 세탁기에 수거해 온 중공 귀빈들의 세탁물 옷가지들을 집어넣고 세탁, 헹굼, 탈수되어 연신 나오자, 세탁기사들이 세련된 솜씨로 연신 다리미로 다리는데 옆에서는 육군부대에서 긴급 지원 나온 세탁병 3명이 장군 복장에 칼주름을 잡아 다리고 장군 모자들을 원형 틀에 올려놓고 돌려가면서 드라이기로 정성껏 말리고 손질해 다려서 깔끔한 장군 정모로 만들어 놓는다.

1983년 5월 10일 아침이 되자 워커힐호텔 객실 복도에 세탁기사들이 말끔히 세탁되어 포장한 옷들을 핸드카에 싣고 객실까지 와서 일일이 배달해 준다.

호텔 객실 안에서는 박애자와 왕호걸이 세탁된 옷들을 갈아입고 거울에 비춰 보면서 흡족해하고 박애자가 왕호걸의 옷매무새를 고쳐 준다.

워커힐호텔 중화요리 대식당에 깔끔하게 차려입은 중공 귀빈들이 중국풍의 고풍스러운 장식으로 꾸며진 중화요리 뷔페식당에 속속 들어와 뷔페식당에서 접시에 여러 가지 음식들을 골라 담아 식탁에 가져와 아침을 맛있게 먹는다.

33.

중공 귀빈들이 워커힐호텔 극장식 공연장에서
스크린으로 뉴스를 시청하고 있다

화면에는 1983년 5월 7일 12시 30분경에 중공 민항기 납치 사건을 해결하기 위해 중공 정부 협상 대표 단장 중공 민항 총국장 심도가 협상 대표단 33명을 이끌고 보잉 707 중공 민항기를 타고 서울 김포 국제공항에 내려서 대한항공 조중훈 회장과 악수하는 장면이 나오고 아나운서가 해설을 하는데 중국어로 통역된 영상화면이 나온다.

"중공 민항기 납치 사건을 해결하기 위해 1983년 5월 7일 12시 30분경에 중공 민항 심도 총국장이 협상 대표 단장으로 중공 정부 협상 대표단 33명을 이끌고 보잉 707 중공 민항기를 타고 와 내렸다고 합니다."

화면에는 서울 신라호텔에서 중공 민항기 납치 사건을 협상 테이블에 올려놓고 태극기와 오성홍기를 꽂고 협상장에서 협상하는 한국 측 협상단장 공로명 외무부 차관보와 중공 측 협상단장 심도 중공 민항 총국장이 협상하는 장면이 나오고 아나운서가 해설을 하는 데 중국어

중공 민항기 북조선 평양 경유 남조선 춘천 미군 비행장 불시착!

로 통역이 되어 나온다.

"내한 직후부터 6차에 걸친 길고 긴 마라톤협상을 시작하여 오늘, 3일 만에 5월 10일 10시 30분에 협상이 원만하게 타결되었음을 선언합니다."

화면에는 한국 측 협상단장인 공로명 외무부 차관보가 서서 협상 합의 각서를 중요한 부분만 읽어 내려가는데 중국어로 통역이 되어 나온다.

"협상 합의 각서를 중요한 부분만 읽겠습니다. 대한민국 정부와 중화인민공화국 정부는 국교가 없음에도 불구하고 이번 중공 민항기 납치 사건을 마라톤협상 끝에 9개 항의 외교 각서들을 만들어 원만하게 처리하여 서명하였습니다. 합의 각서. 중공 민항기 승객들과 중공 민항기와 중공 민항기 승무원들을 조속히 송환하며, 납치범이 쏜 총에 맞아 부상당 한 승무원들은 대한민국 서울 국군통합병원에서 수술과 치료를 받은 후 여행이 가능한 정도로 몸이 회복된 다음 출국시킬 것입니다. 양측은 이번 사건 처리 과정에서 발휘된 상호협력의 정신이 앞으로도 유사 상황이 발생 시 계속 유지되어야 함을 표명하는 내용의 합의 각서에 서명하였습니다."

협상 대표단이 시종일관 화기애애한 가운데 협상 테이블 앞에 일어서서 서로 악수하면서 인사를 나누는데 취재진들의 열띤 카메라 플래시 라이트 세례를 받는다.

워커힐호텔 극장에서 뉴스를 시청하던 중공 귀빈들이

「짝! 짝! 짝! 짝! 짝!」

우렁차게 박수를 친다.

34.

중공 귀빈들을 워커힐호텔 극장식 레스토랑에 초청해 와서 환송 파티를 벌여준다

중공 귀빈들이 워커힐호텔 극장식 레스토랑에 들어와서 한국의 대중가요 이별가, 이별의 종착역, 이별의 플랫폼, 이별 아닌 이별, 이별의 부산 정거장, 이별의 김포 비행장을 들으면서 차분하게 마지막 점심 식사, 환송 파티를 벌여준다.

점심 식사가 거의 끝나가고 노래도 멈추고 맹주억 교수가 나와서 작별 인사를 한다.

"중공 귀빈 여러분, 이곳 숙식을 제공한 워커힐호텔을 오늘을 마지막으로 떠나야 합니다. 그동안 밤낮으로 수고를 아끼지 않고 물심양면으로 돕고 수고해 주신 워커힐호텔 임직원들께 감사의 표시로 박수를 쳐 주십시오."

「짝! 짝! 짝! 짝! 짝!」

중공 귀빈들이 고맙고, 감사한 마음으로 따뜻한 박수를 쳐 준다.

객실에 들어온 박애자가 객실을 정리하더니 둘러보고 화장품, 소지

중공 민항기 북조선 평양 경유 남조선 춘천 미군 비행장 불시착!

품이 든 핸드백과 나들이옷이 든 큰 트렁크를 들고 왕호걸이를 데리고
문을 열고 나와서 만원인 엘리베이터를 타고 1층으로 내려간다.

워커힐호텔 현관 앞에 사장과 임직원들이 나와 도열 해 있는데 고속
버스 4대가 들어와 1호 차부터 차례로 도열 해 선다.

소지품 백과 트렁크를 든 중공 귀빈들이 속속 나와 사장과 임직원
들께 인사하고 4대의 고속버스에 오르더니 모두 다 타자 인원 파악을
하고 고속버스가 서서히 출발하자 연도에 도열 해 있던 워커힐호텔 직
원들이 서로 손을 흔들어 주면서 이별을 아쉬워한다.

중공 귀빈들을 태운 고속버스 4대가 워커힐호텔 원형 분수대 정원 로
터리를 회전해 지나서 넝쿨 장미 아취 터널을 서서히 빠져나가더니 아
차산 비탈길을 내려와 평지 국도를 달려 어린이 대공원 앞을 지나간다.

고속버스 안에서 중공 귀빈들이 차 창밖을 내다보는 데 을지로 입구에
서 좌회전하여 롯데백화점 앞을 지나 한국은행 본점 로터리를 지나 아현
동을 거쳐 신촌을 지나 성산대교를 건너가서 김포공항을 향해 달려간다.

김포공항 정문 앞에 협상 대표단을 실은 고속버스가 먼저 들어가고
잠시 후 국군통합병원 앰뷸런스가 비행기 납치범의 총에 맞아 부상당
한 부항법사 왕배부를 태우고 들어가고 뒤따라 중공 귀빈들을 태운 고
속버스 4대가 진입해 들어간다.

보잉 707 중공 민항기에 먼저 협상단과 함께 온 중공 민항 심도

총국장이 인사를 하고 계속 손을 흔들어 주면서 그동안의 고마움을 표시하고 다른 승객들은 기내로 들어가고 이어서 앰뷸런스에서 내린 대퇴부에 총상을 입어 깁스를 한 부항법사 왕배부를 조선족 권민중과 조선족 리우진이 양쪽에서 부축하여 붙잡고 계단을 올라와 들어가고 연신 중공 귀빈들이 탑승하지만 긴 줄이 이어진다. 마지막까지 손을 흔들던 중공 민항 심도 총국장이 공손히 인사하고 손을 흔들어 주고 들어가자, 중공 민항기의 문이 닫힌다.

중공 민항기 보잉 707기에 중공 귀빈들 140여 명이 탑승하고 서울 김포국제공항을 오후 3시 30분에 출발해 간다.

중공 민항기 보잉 707기는 제주 항로를 통과해 후구오카 해협, 상하이 항로, 자유중국 공해 해협 항로를 거쳐 영국령 홍콩국제공항에 도착하자 중공 중앙방송국에서 보도진들이 몰려와 열띤 취재를 하는데 중공 베이징 TV 특파원이 대표로 나와서 설명을 한다.

"1983년 5월 5일 목요일 오전 11시 45분에 중공 심양국제공항을 출발해 상하이로 향해 가던 중공 민항기가 중공의 다렌 반도 상공에서 여자 1명이 낀 6명의 권총을 든 공무원들에 의해 공중 납치되어 북조선 평양을 경유해 남조선 춘천 미군 비행장에 불시착했는데 그 중공 민항기는 고장이 나 있어서 남겨두고 협상단을 싣고 간 보잉 707에 인질로 잡혀 있던 중공 귀빈들을 다시 태우고 오늘 5월 10일 납치 6일 만에 제 3국인 영국령 홍콩국제공항에 도착하였습니다. 이 보잉 707 중공 민항기는 홍콩에서 다시 항공유를 급유받고 곧장 베이징으로 날아가 중공 인민 공산당 당사에서 등소평 주석님께 귀국 보고를 한다고 합니다."

중공 민항기 북조선 평양 경유 남조선 춘천 미군 비행장 불시착!

35.

중공 귀빈들이 중공 베이징국제공항에 도착해 주석궁에 들어가 등소평 주석께 귀국 보고를 한다

중공 베이징에 도착한 중공 민항기 승객들이 베이징 주석궁에 초대되어 대담장에 들어간다.

대담장에는 등소평 주석을 모시고 중공 민항기 일반 승객들과 정부 고위직 승객들과 장군들이 마주 보고 앉아서 대담을 진행하는데 많은 취재진이 열띤 취재를 한다.

등소평 주석이 원로 국무원에게 질문을 한다.

"남조선 각 가정의 생활상은 어떻습니까?"

노령의 국무원이 대답한다.

"남조선에는 집집마다 컬러 TV를 가지고 있으며 영화도 컬러 TV로 보고 있으며 각각 가정마다 냉장고와 세탁기, 전기밥솥, 라디오와 시계를 가지고 있었습니다. 각 가정마다 자녀들이 많으며 모두 활기차고 씩씩하게 특기와 취미를 되살려 열심히 공부를 하고 있었습니다."

등소평 주석이 질문을 한다.

"남조선의 시장과 여러 산업체 공장을 견학한 소감을 말씀해 주십시오."

"예. 재래식 광장시장과 최신식 롯데백화점을 둘러보았는데 물건들이 아주 많이 쌓여 있었고 손님들이 바글바글 참 많았습니다. 산업체 견학 공장들은 기아자동차 공장, 삼성전자 공장, 포항제철 공장, 금성사 전자 회사, 제일모직 공장, 현대자동차 공장, 현대조선소 공장을 견학했습니다. 그런데 견학하는데 공장마다 외국인 근로자들이 아주 많았으며 함께 어울려 즐겁고 기쁘게 근무하고 있었으며 일할 근로자가 태부족한 형편이었습니다. 우리 중공도 남조선과 빨리 국교를 맺어 일군들을 남조선에 보내 주었으면 합니다."

등소평 주석이 대답한다.

"남조선과 중공과 국교를 맺으면 우리도 참 좋지요."

"그래서 남조선에 중공 민항기가 납치돼 가서, 국제사업가 일가친척을 만난 조선족 출신 로켓군부대장 권민중 중령이 부탁한, 중공 조선족자지주에 해양대학교를 지어서 우선은 조선족들에게 해양 기술을 가르쳐 선박의 선장, 기관장, 해기사로 교육부터 실습, 졸업 취직까지 해 주겠다는 국제사업가의 의향이 들어와서 허가를 내줄 생각입니다."

"예. 그렇게 하십시오. 그리고 또 태평양 길버트 군도에 로켓군부대가 원정 출장을 가서 상하이에서 둥펑-5 ICBM 대륙 간 탄도 유도탄 미사일을 시험 발사하라고 로켓군부대장이 명령을 내리는 훈련은 어떻게 되어 가는 겁니까?"

조선족 출신 로켓군부대장 권민중 중령이 일어나 서서 말한다.

중공 민항기 북조선 평양 경유 남조선 춘천 미군 비행장 불시착!

"그것은 로켓군부대장 권민중 중령인, 제가 말씀드리겠습니다. 지금부터 바짝 서둘러 5월 21일에는 상하이에서 둥펑-5 ICBM 대륙간 탄도 유도탄 미사일을 꼭 쏠 수 있도록 태평양 길버트 군도에 빨리 가서 차질 없이 발사 명령을 내리겠습니다. 이상입니다."

36.

대한항공 기술진이
중공 민항기를 수리해 중공 베이징으로 돌려보낸다

김포국제공항 헬리콥터장에 여러 종류의 헬리콥터가 있는데 중앙에는 달랑 큰 컨테이너가 놓여 있고 안에는 펑크 난 중공 민항기에 교체할 바퀴 한 쌍(2개)이 실려 있는데 헬리콥터 유도원이 대기하고 있다가 대한항공 조중훈 사장과 한국과 중공의 항공기 점검 기술자들이 나타나자, 경례를 하고 승무원실과 창고겸용 컨테이너 문을 열어 주자 모두 컨테이너로 들어가 낙가산이 장치된 의자에 앉고 안전벨트를 매자 문을 닫는다.

조금 있으니 배가 홀쭉하고 뼈다귀만 남은 대형 헬리콥터가 날아오자, 헬리콥터 유도원이 손짓 신호로 유도해 주자 컨테이너를 끌어안고 헬리콥터 유도병이 잘 조립이 되어 있나 안전 점검을 실시하고 이상이 없자, 헬기 유도원이 헬리콥터를 띄워 보내자, 강원도 춘천을 향해 날아간다.

한편. 한국 강원도 춘천 미군 비행장 현장에는, 중공 민항기가 비상

중공 민항기 북조선 평양 경유 남조선 춘천 미군 비행장 불시착!

착륙을 하면서 활주로를 50m나 벗어나 잔디밭에 타이어 스키드 자국을 남기고 타이어가 펑크가 난 채 빠져 있는데 중공 민항기가 철조망 1m 앞에 와서 가까스로 멈춰 서 있다.

서울 김포국제공항을 출발하여 컨테이너를 안고 온 대형 헬리콥터가 강원도 춘천 미군 비행장 활주로에 내려오자, 미군 헬리콥터 유도병이 유도해 사뿐히 앉힌다.

헬리콥터가 안고 온 컨테이너에서 문을 열고 조중훈 사장과 한국과 중공의 항공기 점검 기술자들이 나온다.

대한항공 조중훈 사장과 대한항공 항공기 점검 기술자들과 중공 민항기 점검 기술자들이 수평을 잃고 옆으로 비스듬히 서 있는 중공 민항기 외부를 꼼꼼히 둘러보는데 특히 펑크 난 앞바퀴를 고무망치로 「탁!」 치자 「펑!」 하고 튄다.

이번에는 모두 중공 민항기의 트랩을 올라가 기내에 들어가자 맨 먼저 휴게실 앞 조종실 문이 안쪽으로 파괴되어 누워서 짓밟혀 있는 곳을 목격하고 그 문을 밟고 들어가 조종실과 기내를 점검하기 시작한다.

활주로를 벗어난 중공 민항기는 펑크 난 앞 타이어 한 개인데 한 쌍 (2개)을 모두 바꾸고 레커차로 활주로 끝에 옮긴 후 중공 민항기를 180도로 돌려놓고 서행하며 점검하는데 모두 이상이 없다.

지금 중공 민항기가 연료를 가득 넣고 이륙할 여면 활주로가 1200m가 필요한데, 현재 900m라니 중공 민항기의 몸무게를 줄일 수밖에 없다는 결론을 내린다.

안전 운항에 꼭 필요하지 않은 주방 시설과 좌석 등 실내 집기를 모두 제거하고 연료도 서울 김포국제공항까지 갈 연료만 채워 이륙한 후에 서울 김포국제공항에서 다시 재조립과 재급유를 받기로 결론을 내린다.

중공 민항기의 무게를 줄이려고 주방 기구 냉장고, 온장고, 전기밥솥, 세탁기, 찬장, 선반, 좌석, 화장실 등 실내 집기들을 모두 제거하여 중공 민항기 밖으로 끌어내 정렬해 놓자, 산더미 같은데 이것들을 모두 정리해서 컨테이너에 다시 실어 놓자, 뼈다귀 헬리콥터가 날아오고 대한항공 유도원이 유도해 주자, 뼈다귀 헬리콥터가 컨테이너를 안고 서울 김포국제공항을 향해 날아간다.

강원도 춘천 미군 비행장에서 출발한 컨테이너를 실은 대형 헬리콥터가 서울 김포국제공항 헬리콥터장에 사뿐히 내려와 앉고 대형 헬리콥터가 품에 안은 컨테이너를 풀어놓고 날아가자, 대한항공 직원들이 몰려와서 문을 활짝! 열고 중공 민항기에서 철거해 온 물건들을 내놓기 시작한다.

1983년 5월 15일 춘천의 미군 비행장에 불시착한 중공 민항기의 이륙 맞춤 시간이 다가오자, 준비가 이른 아침부터 시작되는데 스피커에서 안내 방송이 나온다.

"춘천 미군 비행장 주변 주민 여러분 안녕하셨습니까? 잠시 후 중공 민항기가 이륙할 예정이니 제트여객기가 이륙할 때 후폭풍으로 인한

피해를 최대한 줄이기 위해 미군 비행장 활주로 가까운 곳의 주거지 모든 창문들은 맞바람이 통할 수 있게 활짝! 열어 놓고 멀리 피신하시길 바랍니다. 감사합니다."

춘천시 당국은 중공 민항기가 이륙할 때의 후폭풍으로 인한 피해를 최대한 줄이기 위해 미군 비행장 활주로 뒤편 집들의 창문들을 다 열어 놓고 주민들을 대피시키고 중공 민항기는 한국과 미국에서 21312시간을 비행한 노련한 한국 베테랑 고영일 수석 조종사와 중공 민항기 조종사 왕이연 2명만 동승하고 춘천의 미군 비행장을 이륙해 무사히 서울 김포국제공항을 향해 날아간다.

서울 김포국제공항에 무사히 도착한 중공 민항기에 철거해 온 주방 시설과 좌석, 화장실 집기들을 다시 원위치시켜서 조립하고 보수와 보강 안전 점검을 시행하고 중공 민항기에 연료를 가득 채우고 기다린다.

이윽고 중공 민항기 납치기 앞에 국군통합병원 앰뷸런스가 와서 서고 운전병이 뒷문을 열고 계단을 내려놓고 운전병이 통신사의 트렁크를 내려놓고 먼저 선물 박스를 든 간호장교와 컬러 TV 박스를 든 군의관이 내려와 서고 뒤따라 우측 대퇴부에 관통상을 입은 통신사 왕영창이 목발을 짚고 앰뷸런스에서 내려와 뒤돌아서서 운전병과 간호장교와 군의관에게 공손히 인사하고 서투른 한국어로 작별 인사말을 한다.

"그동안 한국의 국군통합병원에서 물심양면으로 잘 보살펴 주셔서 대단히 고맙고, 감사합니다. (인사하고 말한다.) 안녕히 계십시오.”

중공 민항기 트랩에 앞서서 선물 박스를 든 간호장교가 오르고 뒤따라 컬러 TV 박스를 든 군의관이 오르고 운전병이 트렁크를 들고 오르고 뒤따라 통신사 왕영창이 목발을 짚고 트랩 계단에 올라 중공 민항기 문 앞에서 공손히 인사하고 중공 민항기에 들어가더니 간호장교의 선물 박스와 군의관의 컬러 TV 박스와 운전병이 통신사의 트렁크를 놓고 통신사 왕영창을 승무원들에게 인계하고 악수하고 나와 트랩을 내려온다.

한국에 납치되어 온 중공 민항기는 5월 18일에 마지막으로 서울 김포국제공항을 이륙해 직항로로 중공 베이징국제공항을 향해 날아간다.

중공 민항기 북조선 평양 경유 남조선 춘천 미군 비행장 불시착!

37.

중공 상하이에서 연습 삼아 쏜 중공 둥펑-5 ICBM 대륙 간 탄도 유도탄 미사일이 태평양 길버트 군도 무인섬 표적물에 명중한다

태평양 길버트 군도 항구에 중공의 적십자 마크를 한 병원선과 중공 핵잠수함, 중공 수송함, 중공 전투기들이 도열 해 있는 중공 항공모함, 중공 전투 순양함, 중공 관측용 레이더 통제 군함이 계속 레이더를 돌리면서 정박해 있다.

중공 관측용 레이더 통제 군함 갑판에는 중공 제2포병들과 군악병들이 도열 해 있는데 중공 제2포병 로켓군부대장 권민중 중령이 중공 제2포병 행진곡 합창을 지시한다.

"지금부터 중공 로켓군부대의 용맹 무상한 중공 제2포병 행진곡을 합창하겠습니다."

군악대가 중공 제2포병 군가 행진곡 서곡을 마치자, 중공 제2포병들이 중공 제2포병 행진곡을 열창한다.

"동풍은 강하고 벼락은 아주 강하다. 우리들은 영광스러운 미사일 부대 긴 칼 손에 쥐고 강력한 진영 속에서 때를 기다린다. 우리들은 강철로 만든 장성 과학기술로 달련된 정예병들 한 번에 승리를 거두리라. 조국의 안전을 지키고 세계의 평화를 보장한다. 강한 군대 천지를 뒤흔들고 시시각각 당의 명령을 듣는다. 앞으로 앞으로 영광의 미사일부대."

중공 로켓군부대의 행진곡 합창이 끝나고 권민중이 다음 순서를 알린다.

"이제부터는 중공 우주국이 하늘에 쏘아 올린 동평홍 인공위성 레이다를 통해 상하이 TV로 생중계 방송하는 중공의 영웅 첸쉐썬 중공 제트추진연구소 박사님의 대륙 간 탄도 유도탄 미사일의 작동 강연을 동영상으로 보시겠습니다."

권민중이 갑판 앞 대형 TV를 켜자. 중공 상하이 둥펑-5 ICBM 대륙 간 탄도 유도탄 미사일 기지국 기지에서 첸쉐썬 박사가 인사를 하고 중계 방송하는 장면이 나온다.

"안녕하십니까. 중공 제트추진연구소 첸쉐썬 박사입니다. 모형을 켜 놓고 동영상으로 보여 드리겠습니다. 대륙 간 탄도 유도탄 미사일 발사 작동 원리를 그림과 모형으로 보여 드리겠습니다."

첸쉐썬 박사가 모형을 켜고 지휘봉으로 지적한다. 중공 상하이에서 발사한 모형 대륙 간 탄도 유도탄 미사일이 솟구쳐 동중국해 하늘 위 대류권에 진입하자 대기권 위에 있는 중공 동평홍 인공위성이 레이다 전파로 유도해 내려보내자, 태평양 길버트 군도 무인섬 표적물에 정확히 명중하는 것을 첸쉐썬 박사가 설명을 한다.

"미사일 통제실에서 스위치를 누르자, 부수타가 작동하여 미사일이 발사되고 1단계 페어링이 떨어지며 2단계 부수타가 작동하여 재돌입체 보호 페어링이 분리되어 떨어지며 포스트 부스타가 작동되며 재돌입체가 작동하여 디 코아가 고속으로 대기권에 재돌입하여 태평양 길버트 군도 무인섬 목표물에 정확히 명중시킵니다. 상하이 미사일 기지국에서 기계들을 세팅해 놓았으니 잠시 후 둥펑-5 ICBM 대륙 간 탄도 유도탄 미사일을 발사하겠습니다. 그럼 이해하기 쉽게 참고 사항부터 대형 TV 화면에 내보내 드리겠습니다. TV 화면을 시청해 주시길 바랍니다. 감사합니다."

중공 우주국 동펑홍 인공위성이 지구 궤도에서 안테나를 펴고 지구 표면 사진을 찍고 있다.

지구가 자전하고 있다.

5대양 6대주의 펼쳐진 세계지도가 나온다.

다음은 중공을 왼쪽에 두고 아시아와 한반도, 일본, 태평양, 미국 하와이까지 전체 지도가 나온다.

그다음으로 중공 상하이가 표시되고 붉은 화살표가 상하이에서 동중국해의 지상을 올라 대기권에 있는 중공 동펑홍 인공위성 밑에서 대류권으로 포물선을 그리며 올라와 태평양 길버트 군도 무인도 목표물에 와서 멈춘다.

이제 정말로 둥펑-5 ICBM 대륙 간 탄도 유도탄 미사일을 쏠 시간이 다가오자, 첸쉐썬 박사가 당부의 말을 한다.

"여러분의 로켓군부대에 중화인민공화국이 중차대하고 막중한 임무를 맡겼으니 중공 제2포병 로켓군부대의 긍지와 자부심을 가지고 한

치의 오차도 없이 동평-5 ICBM 대륙 간 탄도 유도탄 미사일을 목표물에 명중시켜 주십시오. 그래서 내년 1984년 10월 1일 제35주년 건국기념일에 베이징 천안문 광장 군사 퍼레이드에 둥펑 DF-5 대륙 간 탄도 유도탄 미사일이 보무도 당당하게 위풍을 드러내고 행진하게 해 주십시오. 대단히 감합니다. 이상입니다."

태평양 길버트 군도 높은 상공 위를 정찰기가 지나가는 데, 길버트 항이 아주 멀리 보이고 띄엄띄엄 무인도들이 군집으로 보이는 데, 저 멀리 외딴섬 무인도에 아주 큰 철탑 타깃이 만들어져 있는데 정찰기가 촬영을 하면서 지나가고, 낮은 상공 위를 정찰 헬리콥터가 낮게 떠서 촬영을 하면서 지나가는 데 오색 링 타깃이 올림픽 경기장만큼 크게 보이고 중앙 철탑에 백기가 꽂혀 펄럭이고 있는데 주변에서는 번쩍! 번쩍! 경광등이 돌고 공습경보 사이렌이 요란하게 울려온다.

중공 상하이 미사일 기지국에 둥펑-5 ICBM 대륙 간 탄도 유도탄 미사일을 실은 차량이 정지하여 포신을 수직으로 세워 세팅해 놓고 발사 명령을 기다리고 있다.

태평양 길버트항 관측용 레이더 통제 군함 선실 통제실에 레이더병들이 모니터 앞에서 맡은 임무를 몰두하는데 로켓군부대장 권민중 중령이 중공 상하이 미사일 기지국을 향해 카운트다운을 센다.

"태평양 길버트 군도 미사일 통제실에서 둥펑-5 ICBM 대륙 간 탄도 유도탄 미사일 발사 카운트다운을 세겠습니다."

중공 상하이 미사일 기지국 스피커에서 권민중의 미사일 발사 명령 카운트다운이 떨어져 숫자 세는 소리가 난다.

"중공 상하이 둥펑-5 ICBM 대륙 간 탄도 유도탄 미사일 발사장, 발사 카운트다운을 세겠다. 다섯, 넷, 셋, 둘, 하나, 발사."

중공 상하이 미사일 기지국 진지 포신에서 둥펑-5 ICBM 대륙 간 탄도 유도탄 미사일이 발사되어 하늘로 솟구쳐 올라 대기권에 있는 중공 동펑홍 인공위성이 전파를 발사하자 밑에서 대류권으로 포물선을 그리며 올라왔다 내려가 태평양 길버트 군도 무인섬 철탑 목표물에 와서 정확히 꽂혀 명중하자 불기둥 구름 기둥이 일어나더니 쌍 버섯구름이 하늘로 솟구쳐 오른다.

38.

중공 베이징 인민대회당에서
무공훈장 수여식이 거행된다

　중공 베이징 인민대회당에서 군악대와 3군 의장대를 총동원해 거창하고 웅장하게 식전 행사를 진행하고 중공 심양 로켓군부대 전원이 일 계급특진을 하여 참석한 가운데 무공훈장 수여식장에서 등소평 주석이 훈장을 수여한다.

　여러 명의 훈장 수여자 가운데 권민중 대령도 훈공이 높은 훈장과 휘장도 받고 일 계급특진을 하여 대령이 된다.

　훈장 수상자들이 도열해 있는데 키 큰 권민중에게 키 작은 등소평 주석이 손수 훈장을 권민중 대령의 가슴에 달려고 하자, 권민중 대령이 무릎을 살짝 꿇어 눈을 맞추어 주자 훈장을 달아준다.

　대령 계급장을 단 권민중과 로켓군부대원들이 도열해 있는데 로켓군 사령관께 포상 휴가 신고를 하고 있다.

　"충성. (경례하고) 신고합니다. 대령 권민중과 로켓군부대 전 부대원이 1983년 5월 30일부터 6월 30일까지 한 달간 포상 휴가를 명받

앉기에 이에 신고합니다. (경례한다.) 충성."

　권민중 대령이 국무위원실에 들어와 우렁차게 경례한다.
　"충성."
　"충성. 권민중 대령. 훈장도 받고 1계급 특진도 하고, 진급을 축하합니다. (의자를 꺼내 준다.) 옆 자리에 앉으십시오."
　"예."
　"권민중 대령은 이번 포상 휴가 때 어디에 갈 것입니까?"
　"예. 먼저 전화를 해 보고 남조선 서울이나, 유럽 스페인, 아니면 아프리카 앙고라를 갈 겁니다."
　"사촌 형님 명함 있습니까?
　"예." (지갑을 꺼내 명함을 건네준다.)
　명함을 받아 든 국무위원이 명함의 앞면과 뒷면을 훑어보더니 말한다.
　"명함 앞면은 남조선어이고 뒷면은 스페인어로 쓰여 있어요."
　"사촌 형님은 원래는 남조선 사람인데, 사업을 유럽 스페인과 아프리카. 앙고라에서 많이 벌여놓아 국적은 스페인에 두고 있습니다. 남조선 서울에 계신 형님께 전화할 여면 중공 심양에서 스페인 교환원을 한 번 거쳐 서울에서 형님이 받으면 통화가 됩니다."
　"이렇게 하면 어떨까요? 중공 심양에서 홍콩 나라 대한민국 총영사관저 교환을 통해서 서울에서 직접 전화를 받으면 어떨까요?"
　"국무위원님. 저는 그런 방법을 생각해 내지 못했습니다."
　"나는 등소평 주석님 같은 한족이라 조선말을 못 하니 내가 홍콩 나라. 대한민국 총영사관저에 전화기 다이얼을 돌려 연결해 줄 테니 조선족 출신인 권민중 대령, 자네가 전화 통화를 해 주십시오."

"예."

국무원이 홍콩 전화부를 들여다보면서 전화기 다이얼을 돌리더니 홍콩 대한민국 총영사관 여자 교환원이 나오자, 말한다.

"홍콩 대한민국 총영사관입니까?"

"예."

"여기는 중공 심양 공산당사입니다. 조선말을 아주 잘하는 조선족 출신 권민중 대령을 바꿔 드리겠습니다. 자네, 어서 전화하게나."

"예. 전화 바꿨습니다. 남조선 서울 잠실 석천 호수 앞에 있는 인터불고 회사 전화번호를 불러 드릴 테니 좀 연결해 주십시오."

권민중이 명함을 들려다 보면서 전화번호를 불러주고 인터불고 사무실을 연결해 주자 전화 통화가 된다.

"여보세요. 인터불고 본사입니까?"

서울 인터불고 본사 여직원이 전화를 받는다.

"예. 인터불고 서울 본사입니다."

"저는 남조선 어린이날(5월 5일)에 중공 민항기를 타고 심양국제공항에서 상하이국제공항으로 가던 중 여자 1명이 낀 6명의 권총으로 무장한 공무원들에게 납치되어 남조선 춘천 미군 비행장에 불시착해 가서 산업체 견학 중 대구 인터불고호텔에서 지내다가 인터불고 권영호 회장님 사촌 형님을 상봉했는데 권영호 회장님과 통화할 수 있습니까?"

"예. 잠깐만 기다리세요. (전화기를 내려놓고 부른다.) 권영호 회장님! 권영호 회장님! 중공 심양에서 전화 왔습니다."

중공 민항기 북조선 평양 경유 남조선 춘천 미군 비행장 불시착!

"서울, 인터불고 본사 권영호 회장 전화 바꿨습니다."

"안녕하십니까? 동생 권민중입니다. 휴가가 일찍 시작되어 서울에 가려고 전화드립니다."

"언제 서울에 오실 겁니까?"

"중공과 남조선은 국교를 맺지 않아 바로 서울로 날아갈 수 없어서 내일 일찍이 심양에서 중공 민항기를 타고 영국령 홍콩에 내려서, 다시 홍콩에서 남조선 서울로 가는 대한항공 비행기를 갈아타고 가야 하니 모레쯤 서울에 도착할 것 같습니다."

"중공 심양에서 중공 민항기를 탈 때 서울 인터불고 본사에 전화하십시오."

"중공과 남조선은 국교를 맺지 않아 전화선이 없어서 중공에서는 전화할 수 없어서 홍콩에 가야 전화할 수 있습니다. 지금 심양 공산당 중앙당사에서 전번에 남조선 대구 인터불고호텔에서 만나 뵙던 국무위원님의 주선으로 홍콩 주제 대한민국 총영사관과 연결해 서울 인터불고 회사와 간신히 전화하고 있습니다."

"홍콩국제공항에서 대한항공 비행기표를 사고 출발하기 전에 서울 도착 시간을 미리 알려 주시면 서울 김포국제공항에 마중 나와 있겠습니다."

"예. 감사합니다."

권민중이 전화기를 내려놓고 국무위원님께 고마움을 표시한다.

"국무위원님. 전화 참 잘했습니다. 감사합니다."

"예. 권민중 대령. 중공 심양에서 남조선 서울까지 직항로로 가면 2시간이면 갈 수 있는 거리를 제3국 영국령 홍콩 나라를 경유해 이틀을 소비해 남조선 서울에 가는 이유를 잘 알겠지요?"

"예. 성질이 다혈질이고 아주 괴팍한 북조선 김일성 원수의 눈치도 봐야 하고 김일성의 심기를 건드려서는 안 됩니다. 말없이 중공 심양과 남조선 서울을 직항로로 다녔다가는 포악하고 잔인무도한 고양 놈 김일성이 알면 대노하여 또다시 북조선에 있는 중공 인민지원군 열사 능원 맨 앞에 매장한 북-중 혈맹의 상징인 모택동의 장남 모안영의 1호 묘지와 비석부터 산산조각을 내기 시작해 드넓은 중공 인민지원군 열사 능원 묘지를 또다시 두 번째로 모두 파헤치고 비석들을 다 때려 부술 줄도 모르겠습니다. 중공 민항기 납치 사건 해결이 잘되어 협상단이 고국 중공에 찾아왔던 길, 중공 민항기가 영국령 홍콩 나라를 경유해 중공 베이징으로 귀국해 왔던 길로 되돌아오겠습니다."

"그래야지요. 권 대령은 좋겠습니다. 잘사는 나라 남조선에 같은 민족 일가친척을 만나서 참 좋겠습니다. 우리는 일거리가 없어서 야단법석인데 남조선 산업체를 견학해 보니 근로자가 부족해 외국인 근로자들을 많이 채용해서 일히던데 우리도 우선은 말이 통하는 중공의 조선족이 200만 명이 넘는 인원이 있는데 조선족 근로자들을 보내 주면 안 되겠습니까? 내가 옛 만주국 조선족자치주를 둘러보니 경상도 마을, 강원도 마을 등등이 있던데, 일제강점기에 남조선 사람들이 일본 사람들의 모질은 박해로 인해 만주국에 많이 이주해 살았는데 그때 헤어졌던 이산가족 일가친척들을 남조선과 다시 연결하여 찾아주고, 처음에는 남조선 일가친척들이 근로자로 중공에 초청하면, 남조선 산업체에 보내 주면 참 좋겠다는 생각이 나서, 연변 조선족자치주 중앙 TV 방송국에 이산가족 찾기 촬영을 시작하라고 하달하려고 그

중공 민항기 북조선 평양 경유 남조선 춘천 미군 비행장 불시착!

러는데, 권민중 대령. 좋은 생각이 나거나 아이디어가 떠오르면 나에게 연락해 주십시오."

"예."

국무위원이 책상 서랍을 열어 명함을 꺼내 권 대령에게 준다.

"이 명함을 줄 테니 남조선에 가면 수시로 홍콩 주재 대한민국 총영사관을 통해 전화해 주십시오."

"예. 저도 남조선 서울에 가면 KBS 중앙방송국을 찾아가서 중공 조선족 이산가족 찾아주기 캠페인을 벌여서 교섭해 놓고 오겠습니다."

"예. 감사합니다. 수고스럽지만 그렇게 하십시오. 그리고 한국 KBS 중앙방송국에서 우리의 취재를 도맡아 해 줬는데 KBS 방송국장님을 만나면 서울에서 정황이 없어서 고맙다는 인사도 못 하고 와서 대단히 미안하다고 전달해 주십시오."

"예. 국무위원님. KBS 중앙방송국에 찾아가서 소식을 잘 전해 드리겠습니다. 잘 다녀오겠습니다."

신사복으로 갈아입은 권민중이 중공 심양국제공항에서 홍콩행 중공 민항기를 타고 떠나간다.

홍콩 국제공항에서 내린 권민중이 이번에는 대한항공 여객기를 타고 홍콩국제공항 하늘을 나는 데 발밑에 자유중국 해협 공해 항로가 보이고 차례로 상하이 항로 오키나와, 후쿠오카, 제주도 하늘을 경유해 서울 김포국제공항에 도착한다.

39.

권민중 대령이 사촌 형님 권영호 인터불고 그룹 회장을 만나려고 서울에 찾아온다

김포국제공항에서 마중 나온 인터불고 권영호 회장을 만나 권영호 회장이 손수 직접 운전하는 기아자동차 프라이드 자가용 승용차를 타고 김포가도를 달려 1988년 제24회 서울 올림픽과 1986년 제10회 아시안게임 준비공사가 한창인 종합운동장을 지나 드디어 잠실 석천 호수 옆 인터불고 빌딩 앞에 도착하여 내린다.

현관 위에 인터불고 빌딩명이 새겨져 있고 현관 입구 동판에는 「아프리카 앙골라 총영사관」이라고 붙어 있다.

축구 연습을 끝마친 아프리카 앙골라 흑인 축구 선수단이 축구공을 들고 앙골라 총영사 권영호 회장을 보자 단체로 인사하자, 먼저 앙골라 축구 선수들을 인터불고 빌딩 현관으로 들여보내고 뒤따라 권민중과 권영호 회장 일행이 들어간다.

끝.

중공 민항기 북조선 평양 경유
남조선 춘천 미군 비행장 불시착!

ⓒ 신영일, 2024

초판 1쇄 발행 2024년 8월 20일

지은이   신영일
펴낸이   이기봉
편집   좋은땅 편집팀
펴낸곳   도서출판 좋은땅
주소   서울특별시 마포구 양화로12길 26 지월드빌딩 (서교동 395-7)
전화   02)374-8616~7
팩스   02)374-8614
이메일   gworldbook@naver.com
홈페이지 www.g-world.co.kr

ISBN   979-11-388-3473-5 (03810)